karin
彼の言いなり♡
24時間

彼の言いなり♡24時間

CONTENTS 目次

THE CHARACTERS 人物紹介

佐《さ》野《の》駿《しゅん》矢《や》

サッカー部エースで、クラスの人気者。しかも成績優秀な超☆ハイスペック男子。爽やか笑顔がトレードマークのはずが…!? 実はドＳで、何かと梨乃にちょっかいをかけてくる。

松崎《まつざき》優《ゆう》奈《な》

小柄な、女のコらしい外見とは裏腹に、結構ハッキリ言う性格。梨乃の親友＆アドバイザー的存在。

一柳《いちりゅう》梨《り》乃《の》

ごくごく平凡な女の子。マジメで、ついつい「良い人」になってしまい面倒なことを引き受けがち。住む世界が違うと思っていた佐野王子のお世話係になってしまい……!?

梶原《かじわら》先輩

学校で（佐野くんの次に）２番目に人気者。サッカー部部長。梨乃が、密かに憧れている人でもある。

爽《さわ》やか王子様

「わ、遅れる！」
予鈴のチャイムが鳴った。始業まであと５分!!
私は慌《あわ》てて靴箱で上履きに履き替えると、教室の方へ駆けていこうと思いっきり振り返った。その瞬間、
「ふぎゃっ！」
ドンと身体に衝撃が走った。

「いったぁ〜…っ！」

…清々《すがすが》しい爽やかな香りが私の鼻をくすぐった。
けれどその香りに浸《ひた》っている暇《ひま》はない。
頭がぐわんぐわんする…！
私は俯《うつむ》いたまま頭を押さえ、さらにぶんと頭を下げて謝った。

「あ…ご、ごめんなさいっ！」
…人がいることにまったく気がつかなかった。
私は男子生徒の胸元目掛けて頭から思いっきりタックルをお見舞いしていた。

「…こっちこそごめんね？　大丈夫？」
!!
その声に私はようやく誰にぶつかったのかわかった。

顔をバッと上げる。
目の前が、くらっとなった。

「…さ、佐野《さの》駿矢《しゅんや》…君?!」

ま、眩《まぶ》しいっ！
何が眩しいかと言うと、彼から放たれる爽やかなキラキラ笑顔。
その眩しさと頭に受けたズキズキで目が…まわる！
足元がふらり…。
思わず私は段差を踏み外してしまった。
「あ、危ない」
「うわッ…！」
その瞬間、佐野君の手が伸びてきたのがわかった。

“佐野駿矢”
彼は学校一、有名な人。
“サッカー部の貴公子”とか“爽やかプリンス”
なんて一部の女子に呼ばれているのを何度も耳にしていた。
“サッカー部期待のエース”は、超絶人気者でしかも成績優秀だという。
つまりとてもモテまくっている。

その佐野君が、足を踏み外し、昇降口の固いコンクリートの床へ倒れていく私を助けてくれた。
引き寄せ抱きかかえるようにして…
あっという間にがっちりした腕と爽やかな香りに私は包まれてしまった。
…あれ？

「！」
さらに密着…！
佐野君の腕の力が強まった。
ぎゅっと佐野君は私を抱きしめて、…離す気配がない。
……え？　ええええッ!?
きゃあ―――ッ!!
一体何が起こっているの―――!!??
「さ、佐野…くん?!」
…なんで？　どうして？　どうなって、こうなった?!
助けてくれたんだよね？
なのになぜ私はその噂《うわさ》の貴公子に…
そのまま抱きしめられているの…?!
「さ、さ、さ、佐野君！　佐野君っ!?」
私はパニックで彼の名前をただひたすら連呼した。
胸のドキドキがありえない大音量で大暴走…!!
「佐野くーんっ!!?」
ここは昇降口、靴箱の前、予鈴のチャイムが鳴ってから数分が経《た》っている。
周りには他に生徒などいなくて、いや実際にはいるのかもしれないけれど、私の視界は彼の胸で埋め尽くされて…
ああ…どうしよう…？　う、動けない…！
パニックで身体に力が…入らない…!!
離してくれと言いたいのに言葉が“佐野君”としか出てこない。
するとその様子を見て佐野君はクスリと笑うと、ようやく私を抱く腕の力を緩《ゆる》めた。
私と目が合うと佐野君はにこりと極上の笑みを浮かべる。
心臓が太鼓でダンッと打ち鳴らしたみたいにドキンと跳《は》ねた。
…てか、近い。
近すぎる…！

佐野くんはキラキラした笑顔を浮かべたまま、

「…ごめん。可愛いからつい抱きしめてしまった」
と、とろけそうな素敵な声で、ありえないお言葉を私にくれた。

「…かッ…⁉」
可愛い？　佐野君が？　私、を？　見て…？
『可愛いから抱きしめた』って今、言った⁉
王子様に助けられ、抱きしめられそして至近距離で可愛い…。
朝からありえない事件に私の全身がボッと、一気に燃える火のように赤一色に染まっていくのがわかった。

「面白くて変な女。うける」
「……………え？」

その後にぼそっと聞こえた佐野君の声に私は固まった。
……き、聞き間違い…かな…？
今、佐野王子…なんて仰《おっしゃ》いました?!

「さ、佐野…くん？」
「大丈夫？　怪我《けが》していない？」
佐野君はまたニコリと紳士スマイル。
⁇
さっきの“変な女”発言は気のせい…かな？
私は、ぱちぱちと瞬《まばた》きを繰り返して佐野君をじーっと見た。
「ん？」
そこには噂で聞いたとおり爽やかで学校一カッコイイ、素敵な王子様の姿…
至近距離で見る彼はキラキラオーラが10倍増しで…

見惚《みと》れてそのまま何時間でも見ていられると正直思った。
とろけそうな思考で浮かんだ答え、それは、
きっとさっきのは気のせい！　だった。

「…あれ、君の？」
佐野君は私の暑苦しい視線から目を逸《そ》らすと床を指さした。
「…へ？」
間抜けな声で返事をするとその指先を目で追った。
床にはぶつかった時に落とした私の鞄《かばん》。そして…
「!!」
「手帳…」
「だ、だめっ!!」
ゴウン！　と鈍《にぶ》い音が頭から全身に響いた。
「痛ーッ!!」
慌てて私は落とした自分の手帳を床から拾《ひろ》おうとして、同じく拾ってくれようとした佐野君と思いっきり頭をぶつけた。
「痛、あ…大丈夫？」
「……っ!!!」
超絶痛いですッ!!
私は両手で頭を押さえて声にならない叫びをあげる。
佐野君は頭を片手で押さえつつもそれほど痛くないのか、私が悶絶している間に手帳を拾った。
「か、返して…！」
それに気がついた私はおでこを押さえながら、彼の方に手を伸ばした。
「…どうしようかな…」
「………へ？」
私の手帳はひょいと手の届かないところに持ち上げられた。
…背の高い佐野君は私を見下ろし変わらず微笑《ほほえ》む。

佐野君の顔を改めて見る。
眩しい笑顔は変わらない。だけど、なんだろ？
気のせい…？
さっきから微妙にその笑顔と言葉がちぐはぐに感じるような…？

「ぶつけたのおでこ？　ちょっと見せて？」
「っ⁉」
おでこを押さえていた私の手に佐野君の手が触れた。
瞬間心臓が胸を破って飛び出しそうなぐらいドクンと鳴った。
「…あ、少し赤いね。腫《は》れるかも」
「っ‼」
ちっ…かーい！　っ近い‼
佐野君の顔がどアップ‼　息ができないっ‼
「きっ…」

限界だった。

「ぎゃあぁあぁ゛―――――ッ!!!」

私は佐野君の胸を両手でドンっと押すと、一目散にその場から逃げた。
手帳を取り返すことも忘れて…

私の秘密

私は今日、高校二年生になった。
なのに、今朝にかぎって寝坊…。
昇降口前の広場にある掲示板で、私はクラス替えの発表を慌《あわ》てて確認すると、新しい自分の靴箱置き場を探した。
そこで佐野君とぶつかって……
がーっと靴箱から突っ走って来た私は、息を切らしたままクラス替えをした自分の新しい教室に入り、まだ慣れない教室の中を見渡した。

自分の席はすぐに見つかった。
出席番号一番の私は廊下側のしかも一番前の席…
ふうと息を吐きその席に座ったその時だった。
ガラッと私の席近くのドアが開いた。
!!
「え…？」
ドアを開けて入ってきた生徒、それは…佐野駿矢だった。
うそ…私、佐野君と同じクラス⁉
遅刻しそうだった私は自分の名前とクラスしか確認していなかった。
だからまさか、あの佐野君と…同じクラスだなんて…⁉
と、半信半疑で彼を見た。
彼は私と目が合うとにこりと笑い、そのまま私の席の前を通り過ぎていく。
「…さ、佐野く…」
「駿矢遅かったな！　俺達今年も同じクラス！」
「佐野君！　来るの待ってたよ〜！」
彼の背中に小さく呼びかけた私の声は、次の瞬間たくさんの声にかき消されてしまった。ぽかんと口を開けてその姿を見送る。
佐野王子はあっという間に取り囲まれてしまった。
…一年の時、佐野君と同じクラスだった仲良しメンバーかな？

「席に着けー」
すぐに始業のチャイムが鳴り、ＨＲ《ホームルーム》が始まった。
新しいクラスの担任が声を張って話し始める。
が、私は今それどころじゃない…。
まだ胸が…ドキドキ鳴り響いている。
さっき全力疾走したからかな…胸が苦しい…！
私は先生の話なんて無視してドキドキする鼓動をなんとか落ち着かせようと、密《ひそ》かに一人深呼吸をスーハー…

「では早速自己紹介！
出席番号一番の…一柳《いちりゅう》梨乃《りの》！」
‼
………え？
「は、はい！」
私は急に名前を呼ばれ返事をした。そう、
“一柳梨乃”は、私。
担任と目が合う。
黒板にはでかでかと自己紹介と書いてあった。
仕方なく席を立ち、私は自己紹介をしどろもどろに済ませた。
全員が自己紹介を終える頃、ＨＲの終わりを告げるチャイムが鳴った。
皆が教室を出て行ったり、席を立ってリラックスし始める。

「梨乃！　同じクラスだね。やったぁ〜！」
自分の席を立とうとしたその時、後ろから声をかけられた。
「優奈《ゆうな》！　同じクラスだね。嬉《うれ》しい！　よろしくね」
優奈とは一年の時も同じクラスで一番仲が良かった。
「うん。よろしく〜。それより梨乃！　私達王子と同じクラスだよ。見てほら！　あの笑顔！　すっごく癒《いや》される〜！」
優奈がまた数人のクラスメイトに取り囲まれている佐野君を見てきゃッきゃと盛り上がる。
「…優奈、確か最近彼氏できたよね？」
私は目をぱちぱちしながら優奈の顔を見た。

“松崎《まつざき》優奈”
彼女は小柄の身体にふわふわの髪にお花のような笑顔でよく喋《しゃべ》り笑う。おっとりした雰囲気は癒し系。
だけど、実はとてもパワフルで元気いっぱいだったりする。
そして恋にはとても積極的…
「佐野王子は別物！　いい男は見ているだけで大満足‼」
「へ、へえ…そういうものなんだ…」

一方私はというと、背は優奈より少し高いぐらいで標準。
肩下まである髪は直毛。…よく真面目と言われる。
お洒落《しゃれ》をしてみたいけど、優奈みたいに可愛くできなくて……
元気いっぱいは負けないけど、恋にはとても消極的と自覚している…

佐野君とは一年の時、別クラスだった。

一年の時からサッカー部のエースの彼はこげ茶色の髪で陽《ひ》に透けるとキラキラ、そしてさらさら。
笑顔も爽《さわ》やかでうっとりしてしまうんだとか…
噂《うわさ》では女子にとても優しくて…男子とも仲がいいらしい。と、優奈は親切に身振り手振り丁寧《ていねい》に説明を続けた。
遠巻きに何度か見たことはあったけれど、でもはっきり言って彼は私とは別世界の住人。

…手の届かない王子様…

「その感覚、よくわかんない…」
「ええー？　なんで？　かっこいいじゃん!!」

…私は今まで彼氏がいたことがない。
モテない私。
モテまくりで青春を謳歌《おうか》している佐野君のような人は私には眩《まぶ》しすぎる。
「そう？　あの笑顔、なんか嘘《うそ》くさくない？」
と自分との違いに劣等感を感じながら言ったものの、さっき靴箱でぶつかった時のやり取りを私は思い出していた。
「何が嘘くさいの？　てか梨乃顔赤いけど大丈夫？」
確かに頬っぺたが熱かった。
「と、とにかく！　私はタイプじゃないってば!!」
誤魔化《ごまか》すように早口になる。
「一年の時も言ってたでしょ?!
私のタイプはかっこよくて、背が高くて、頭がよくてスポーツもできて人望が厚い人って!!」
私は鼻息荒く優奈に力説をした。すると、
「…それ、まんま佐野君じゃん」

にこりと笑いながら優奈は言った。
「…ち、ちがーう！
誰があんな得体のしれない宇宙人なんかっ!!」
「ちょ…梨乃!?　ストップ！　落ち着いて!!」
急に慌てた様子で優奈は私をなだめようとしてきた。
が、一度ついた勢い、そう簡単にクールダウンなんてできない。
「落ち着け言われても落ち着いていられない！
佐野君なんか私タイプじゃな…」
「梨乃！　後ろっ!!」
「…俺がどうしたって？」
「ひいっ！」
真上からよく通る声が私の頭に静かに降り注いだ。
忘れていた…！
彼と私は今日から同じ教室だってことを…!!
思わず変な声が出たけれど、それどころじゃない。
私はなぜか言いようのない殺気を背後から感じて、身動きが取れなくなった。
噂をしていた張本人が私の真後ろに…いる!!

「あははっ。一柳さん、ひいって…俺が宇宙人だから？」
佐野君は私の後ろでくすくすと笑っていた。
笑っているのになんだか怖い…
「り、梨乃…。とりあえず謝ったら？」
優奈の言う通り…！
佐野君を宇宙人呼ばわりしたこと、本人にばっちり聞かれてしまった…ここはちゃんと謝らないと…！
「ご、ごめんなさいっ!!」
と、私は机におでこをつける勢いで深々と頭を下げた。
後ろは…怖くてとても振り向けない…!!

「…一柳さん面白いね。これから一年よろしくね」
佐野君はそれだけを言うと机に私の手帳を置いた。
「!!」
私の手帳…!!
手帳をガッと取ると、身体を勢いよく起こしてようやく振り向き、佐野君を見た。
「あ、ありがとう…」
「礼はいいよ」
佐野君は爽やかに笑うと、そのまま私達から離れていった。
「…やっぱり王子優しい！　見た？　さっきの笑顔！
癒される〜!!」
優奈はうっとりと佐野君の後ろ姿を見送る。
私は急いで帰って来た手帳をぱらぱらとめくった。
最初の方には一年の時仲が良かったメンバーで撮《と》った、私だけ半目で変な顔をしているプリクラが貼《は》ってあって…
………。
…これを佐野君に見られたら最悪だ。でもそれより…
「あれ…へんだな…」
…………ない…。おかしい。…いつも挟《はさ》んでいるのに…
まさかさっき、靴箱で落とした？　やだ…嘘でしょ!?
「な、…無一いっ!!」
「?!　どうしたの梨乃？」
優奈をはじめ、友達の誰にも話していない私の…秘密。
それが…ない！　な、なんで?!

手帳に挟んでいた私の〝秘密〟それは、
一つ歳上で憧れの〝梶原《かじわら》先輩の隠し撮り写真〟…
私はこの学校で二番目に人気のサッカー部部長、梶原先輩のファンだった。

「…どうしてないの…?!」
去年の体育祭、デジカメで必死に撮ってわざわざ加工して焼いた私の力作。暇《ひま》さえあればこっそり見てニヤニヤ…
その私の大切な宝物が…ない！　うわぁ…凄《すご》く、ショック…！
靴箱に落としたかな？　やだ…どうしよう？
ぱらぱらと何度も手帳のページをめくっていく。
「……ん？」
目当てのものは見つからない。
けれど代わりに違う別のものを見つけた。
明らかに私の字ではない身に覚えのないメモ…。

『写真は預かった。
返して欲しかったら俺に会いに来て。　Ｓより』

…………“Ｓ”？

それを読んで血の気がさああっと引いていくのがわかった。
Ｓ…Ｓってまさか…佐野駿矢…？
「…やっぱり…あいつは……宇宙人だああ――――っ‼」

私の大切な“梶原先輩隠し撮り写真”は、
得体のしれない宇宙人佐野にさらわれてしまった。
記念すべき高校二年初日…
こうして私はこの日から佐野駿矢を、彼のファン以上に目で追いかけることになった……。

クラス委員長と王子様の正体

クラス替えから数日後…。
佐野君をちらちらと遠巻きに見つめる日々は続いていた。

「ねぇ梨乃…佐野王子のこと、見過ぎじゃない？」
優奈がそんな私に的確な突っ込みを入れる。
「見たくて見てるんじゃないの！」
「なにそれ？　じゃあなんで見てんの？」
「…色々事情があるの！」
佐野君に梶原先輩の隠し撮《と》り写真を奪われたとは言いたくない。
優奈にバレる前に何とか佐野君から写真を取り返さなければ…
「何とか近づけないかな…」
人気者の佐野君。一人になる瞬間を私は探っていた。
が、いっこうに一人になる気配がない。
……どんだけ皆に慕《した》われてるのよ？
「なになに？
やっぱり佐野王子が気になるんじゃない。梨乃ったら！」
「ち、違う！　そういうのじゃなくて！」
「なんかわかんないけど、梨乃のために私何でも協力するよ？」
優奈はなにか勘違いをしたままキラキラとした目で私をみた。
「………」
私、実は困っているの。って言った方がいいのかな…と悩み始めた時、ＨＲのチャイムが鳴った。

「えっと一…今日は早速だけどクラス委員や各種実行委員を決めます。立候補、誰かいる？」
担任が教壇に立ち、黒板に役職を書いていく。
「………」
クラスは静まり返っていた。
私は他人事《ひとごと》のように先生の話を無視して考え事に集中する。
優奈に好きな人や憧れの人がいることを今まで一度も具体的に話をしたことがなかった。
彼女はとても面倒見がよく恋にも積極的。
好きな人なんか相談した日には彼女のこと、親切心からありとあらゆる方法で恋の成就《じょうじゅ》に精進《しょうじん》してくれることは間違いない。
私は遠巻きに見ているだけ、写真を見てニヤニヤするだけで十分。それ以上を望んでいなくて…言えないでいた。

「いない〜？　じゃあ、出席番号一番の…一柳梨乃！」
!!
え…？
「は、はい！」
私はクラス替えをした日同様急に名前を呼ばれ、そして慌《あわ》てて返事をした。
…自己紹介の時といい先生はなぜ出席番号一番が好きなの⁉
「とりあえず、雑用メインだからやってくれる？」
「…え？　何をです？」
「お前、聞いてなかった？　クラス委員２名‼　…委員長を、一柳さーん…やってくれるよね？」
「‼」
ええっ…⁉　クラス委員?!
私が委員長を？　ど、な、なんでえ?!

嫌です！
…と言いたかったけれど、背中にクラス皆の視線を感じる…
先生の顔には話を聞いていなかったのが悪いと書いてあって、
とても断る雰囲気じゃなかった。

「……わ、わかりました…」
少し悩んで、私は小さな声でしぶしぶ了承した。
「よし！　みんなー、拍手!!」
クラスの皆が決まってよかったと拍手をする。
「じゃあ、次！　副委員長は男子がいいな。立候補いる？」
私は急にすることになったクラス委員に一気に頭がいっぱいに
なった。
クラス委員て何をしたらいいの!?
とほほと私は一人うなだれていた。
するとＨＲの終業のチャイムが鳴る。
ああ…隣のクラスも終わった気配。騒がしくなった。
一方このクラスは静まり返ったままだ。
もう！　誰でもいいよ！　早く決めて先生!!
と、私を含め、皆がそう思っていたその時だった。

「はい。僕、やります」
後ろの席で立候補があった。
……ん？
なんか、聞き覚えのある声…
私はその声の主を確認するために振り向いた。
すると他の生徒も一斉に振り向いて皆の後頭部が見えた。

「おっ佐野！　やってくれる？」
静かだったクラスが一瞬ざわめいた。

…嘘《うそ》でしょ?!
…佐野…駿矢…?!
にこりと爽《さわ》やかな笑顔を振りまく彼がそこにいた。
「僕、やりますよ。副委員長」
えっ！　…やだ…!!
あんな人間離れした人とクラス委員?!
な、何を喋《しゃべ》ったらいいの!?
仮に雑用でも一緒にやりたくないんですけど？　先生!!
「よし！　決まり〜皆一拍手！」
ええーっ！　き、決まっちゃったぁ゛!!
クラス中から大きな拍手が鳴り響いた。

「…と、いうことで、一柳さん？」
「！」
クラス委員が決まった途端解散した教室に、私は一人取り残されていた。
急に委員長をすることに、しかもあの佐野君と…!?
まだ事実を受け止められず、頭の中は真っ白で…
そんな状態の私の頭上で響き渡った素敵なボイス…
私はぎぎぎと音が鳴るこけしのように首だけをぎこちなく後ろに向けた。
「一年間、よろしくね」
佐野君はキラキラな笑顔を私に振りまいた。
…長い一年になりそう…。
私はその日、本気で自分が出席番号一番なことを悔やんだ。

次の日の放課後、早速担任から雑用を頼まれた。

「これ。クラスの皆に書いてもらった自己紹介。
ホチキスで留めてまとめておいて、今日中に。よろしく！」
「は？」
この量を今日中に…⁉
じゃあと言って担任はさっさと教室から出て行った。
「…大変だね」
「！」
私は一緒に用事を頼まれた隣の佐野君を見た。
まだ彼には慣れない。必要以上に緊張する…
だけどようやく二人っきりになれた。
私の手帳にメモを残した“S”、
それはたぶん手帳を拾《ひろ》ってくれた彼…佐野駿矢。
イニシャルはどちらもS…彼でほぼ間違いない！　…はず。
どうやって聞き出し、梶原先輩の写真を取り返そうかと考えながら、私は佐野君に笑顔で返事をした。
「そ、そうだね…でも、二人でやればすぐ終…」
「…めんどくせえ。お前一人でやれよ」
「………え？」
私は顔に笑顔を張り付けたまま固まった。
そしてその後、周りをきょろきょろと見渡してみる。
…誰もいない…
みんなさっさと帰宅、部活に行って教室はがらんとしていた。
「………」
私はそろりと隣にいる背の高い佐野君を見上げた。
「ん？」
にこりと佐野くんはいつもの爽やか笑顔を振りまいていた。

彼は本当にモテて一部の女子からは貴公子なんて呼ばれるほどで、ジェントルマンだと聞いてる。のですが、はて…

…うん、まさかね！
きっと『おまえ一人でやれ』なんて私の空耳…
「俺、これから部活だから、やっておいてね。じゃ！」
………。え？
「え、えええ゛っ⁉」
佐野君はスタスタと教室を出て行く。
「さ、佐野君⁉」
思わず彼を呼び止めた。彼は教室のドアのところで振り向くと、
「そんなダルいことやってらんねー。
委員の仕事は一人でやって。俺の手を煩《わずら》わせるなよ。じゃーね」
ふっと笑って、彼は本当に出て行った。
悪魔の微笑を残して…

「………まじ…？」
誰、あの人…べ、別人だ‼　信じられない………‼
ガラガラガラと彼のイメージが壊れていく音がする。
佐野駿矢…
あいつは…似非《えせ》ジェントルマンだああっ‼
私は教室で一人、プリントの山を前にして途方に暮れた…。

…パチン。
ホチキスを留めていく音だけが教室に鳴り響く。
かれこれ小一時間、窓際の席に座り、私は『みんなの自己紹介』と書かれた数ページの冊子をクラスの人数分ホチキスで留めていく作業を一人黙々としていた。
「疲れたぁ…」
首と肩をこきこき鳴らす。
担任は人数分のコピーはしてくれていた。

だけど、出席番号とかばらっばらではっきり言っておおざっぱ。
それを順番に並べては一つずつ留めていく…
「なーんでこんなことに?!」
と、文句を言いながらもきっちり仕事をこなしてしまう私…
作業はもうすぐ終わりそうだった。
ふうっと、一息ついて窓の外を見た。
ここからはグラウンドの人の姿は豆粒くらいにしか見えないけど、サッカー部がグラウンドを走り回っているのはわかった。
「…佐野駿矢の…裏切り者ーッ!!」
私はグラウンドを走り回っているであろう佐野君に邪念を送ってみた。ま、そんなことしたところでこの作業が終わるわけじゃないけれど…
「べっつに！　私はファンとかじゃないし！」
クラス替え初日、靴箱でぶつかった時のドキッを返して欲しい！
期待していたわけじゃないけれど、噂《うわさ》とはだいぶ違う彼の様子に私は夢を壊された感でいっぱいだった。
「明日、優奈にあいつの正体チクってやるう!!」
「誰の正体だって?!」
「ひゃあああ゛!!」
私は『黒ひげ危機一髪』のおもちゃみたいに飛び跳《は》ねて驚いた。
「さ、…佐野君!?」
「あんた、独り言多すぎ、恥ずかしくないの?!」
「ちょ…っビックリした!!
いつからいたの？　なぜここに!?　さ、サッカーは?!」
「サッカー？　…見たらわかるだろ？　休憩少し貰《もら》って来た」
「え?!」
…確かに、佐野君は制服ではなくて部活の格好をしていた。
「休憩？　なら外でしたら…」
「はあ？　…お前ふざけんなよ」

!!
ふ、ふざけんな?!
「………っ」
私は貴公子と言われる佐野君から想像もつかないお言葉が次から次にぽんぽんとポップコーンのように飛び出してくることに、思わず言葉を失った。
「…本当にあなた、あの佐野駿矢？
てか私の名前はおまえでもあんたでもない！　一柳梨乃!!」
「………」
「!?」
佐野君は教室の入り口で突っ立っていたのに、急に黙って教室に入ってくると、そのまま私が作業している机のところまでずかずかと近づいて来た。
「わっ！　な、なにっ?!」
なんか佐野君、顔、まじなんですけど?!
もしかして生意気な口きいたから怒ってらっしゃる!?
ど、どうしようお!?
「キャー!!　こっち来ないでええ!!!」
「梨乃…」
「ッ!?」
ドカッ
!!　きゃあ！　って、…あれ?!
「うるさい一柳梨乃」
「…さ、佐野君？」
「…早くしろ。さっさと終わらせてお前帰れ！」
「!!」
佐野君は私の席の前に座ると、ホチキスを手に持ってプリントを留め始めた。
「え？　佐野君…？」

ま、まさか…手伝ってくれるの？
「いいから梨乃は早く黙ってやれって」
「!!　だって！　急に…！」
急に…佐野君…私のこと梨乃って…！
「私のこと呼び捨てに…あなた本当にあの佐野駿矢くん!?」
「………」
ぴたっと佐野君が動きを止めた。
そして、ホチキスをとんと机に置くと、視線をプリントからすっと私の方に上げてまっすぐ見つめてきた。
「…な、なに？」

「…副委員長の仕事、俺がなんで立候補したかわかる？」
「え…？　……わかんない……」
「一柳さんと仲良くなりたかったから」
……………え？
ふっと佐野君は目を細めて、優しく微笑《ほほえ》みを浮かべる。
え…えええっ!?　わ、私と仲良くなるため…て、ええ??!!
「ごめんね、急に。一柳…梨乃ちゃん…？
ちょっと、ふざけてみたんだ。冗談！
梨乃ちゃんが可愛くて、イジワルしたくなって。…驚いた？」
「!!」
な、な、なになに?!　この人…！
急に態度が…えええええっ!?　し、信じられない…!!
佐野君の悩殺笑顔に私は顔をポッと赤くして、おろおろした。
目の前にサッカーの貴公子佐野駿矢がいる！
キラキラ笑顔はやっぱりとっても眩《まぶ》しくて…
クラクラする…!!
「べ、べつにいいよぉっ!?」
うわッ！　声、裏返った！　は、恥ずかしい私…

「そ、そっかあ～冗談ね？　びっくりしたぁ…もう！
私でよかったらいつでもイジワルして！　あははッ」
私は照れながら笑って佐野君を見た。
「…ありがと。これからよろしくね一柳さん」
と言って佐野君は私に頭を下げた。
!!
わ、わっわーっわあーッ!!
貴公子佐野君の頭が…！　つむじが見えるっ！
これってもしかして貴重な光景!?　ひゃーっ!!

「………ぷ。…なーんてね」
「………へ？」
ぷ？
あ…れ…今佐野君、ぷって…言った???
「単純。やっぱお前、バカだろ？」
「…っ!?」
佐野君は下を向いたままクククッと笑った。
え…、ま、まさか…
「いーよ。これからもイジワルしてやる」
佐野君はゆっくり顔を上げた。
その顔は悪魔の微笑みで満たされていた……。

「よし。二人ともご苦労さま！　帰っていいよ。
あ、この冊子は明日クラスの皆に配っておいてくれ」
「…わかりました。先生」

職員室に着いた佐野君は豹変《ひょうへん》した。
いつもの爽やか笑顔で担任の先生に受け答えをしている。
…まるで自分の手柄と言わんばかりのその姿を、私は呆然《ぼうぜん》とした顔で見ていた。
「失礼しました」
職員室を出ると佐野君は作り笑いを消してスタスタと歩いて行く。……私に大量の冊子を全て持たせたまま…。
「ちょ、佐野君！」
私はその後ろ姿を追いかけた。
「梨乃、それ教室に戻しておけよ。俺は先に帰る」
「なっ⁉」
…すっごい俺様ぶり！
佐野君の正体はもうわかった…猫かぶりドＳ男だっ‼
「ちょっと待ってよ！」
…だけど、このまま佐野君を帰すわけにはいかない。
「私、佐野君に話があるんだけど…！」
凄《すご》い速さで先に行く佐野君を私は必死で追いかけた。が、
それがまずかった。
「まっ…わあっ‼」
階段の縁《ふち》でつまずき、さっき作った冊子たちが私の手元から弧を描いて離れていく。
落とすまいとしたことで上段から私の身体は宙に浮いた。
咄嗟《とっさ》に目を閉じた。
「おいっ！　危なっ…！」
落ちる‼
と思った瞬間、私の身体は宙でストップした。
「⁉」
身体は階段下に落ちることなく、ぐいッと引き戻されていた。
ただし、ただ引き戻されただけではなかった。
「…っ⁉」
すっぽり私は佐野君の腕の中に納まっていた。

「いってぇ…」
そして下からは佐野君のうめき声…
「こ…怖かったぁ〜…」
おもわず私は安堵《あんど》の声を漏《も》らした。
私は佐野君を下敷きにして助かっていた。
「あ…ご、ごめ…！」
ぎゅっと抱きしめられて私の視界は佐野君の胸しか映らない。
もごもごと私はそのままで謝った。
身体が強張《こわば》って佐野君を下敷きにしたまま立ち上がれないでいた。
てか、驚いた…！　あの佐野君が私を助けてくれた…?!
「梨乃！　重いっどけ！」
ぐいッと下から肩を持ち上げられ、私は佐野君から無理やり降ろされた。
「お前…こけるのこれで二度目！　鈍《どん》くさ過ぎ」
「ご、ごめんなさい…」
私…佐野君に謝ってばかり…。
「あー…手首、捻《ひね》った」
「…ッえええっ!?」
血の気がさあっと全身から抜けていくようだった。

「…うーん、たぶん捻挫《ねんざ》だと思うけど。…後で病院に必ず行くように。しばらく右手は固定して安静。…部活は、休んで」
「………はい」
私は佐野君に付き添って保健室に来ていた。
保健の先生に湿布を貼《は》ってもらい、私と佐野君は保健室を後にした。
「ね、捻挫…どうしよう…」

佐野君は我が校サッカー部期待の星！
足ではなく手首とはいえ利《き》き手を怪我《けが》させてしまった…
「…本当にごめんなさい…」
私は深々と頭を下げて謝った。
周りには人がおらず、謝るなら今がチャンスだと思った。
すると、佐野君は優しい声で言った。
「梨乃のせいじゃない」
「っ！」
その声に私は思わず半べそかいた顔を上げる。
佐野君は目が合うとにこり。そして、
「…なんて言うと思った？」
と、また悪魔の微笑を浮かべた。
………こ、怖いっ！
佐野駿矢…超こわいっ‼
どこが貴公子なの？　王子様なの？
優奈…私、ぜんっぜん癒《いや》されないんだけどぉ…‼
「梨乃…そういえば、話があるって言ってたな…何？」
「…え？」
佐野君は私を見下ろしにこりと笑うと、
「聞いてやるよ。俺様が」
俺様って自分で仰《おっしゃ》った…。
「そ…そう。は、話が…」
あったんだけど、ど、どうしよう…
今すぐこの場から逃げ出したい…！
それでも私は必死に勇気を溜めて言った。
「わ、私の手帳にメモ書いたの佐野君だよね…？」
梶原先輩の写真、たぶん佐野君が持ってるはず…。それを確認してこの俺様猫かぶり王子から絶対取り戻さなくちゃ‼
「…話ってそれ？

お前会いに来ないからいらないのかと思った」
「!! …写真、やっぱり佐野君が持ってたんだね…だって、佐野君の周りはいつも人がいて…てか、持っていかないでよ！…返して!!」
「…お前、人に助けてもらって怪我までさせておいてその態度？」
「！」
佐野君のイメージからかけ離れた声にひやっと背中を冷たい汗が流れる。
「…だからごめんなさいってば！　でも写真は返して…！」
「今、持ってない。けど、ねえ梨乃。写真…返して欲しい？」
佐野君はぐっと一歩私に近づいて言った。
…反射的に私は後ずさり。
すると佐野君に腕を掴《つか》まれた。
「梨乃、またこける」
「！」
ふっと佐野君は笑うと続けた。
「…そういえば、おでこ赤くならなかったんだね」
「!?」
手帳を拾おうとしてお互いの頭がぶつかったことを思い出す。
目立って赤くはならなかったけど数日、確かに痛かった。
「…大丈夫です…」
「そう…」
さらにくすっと笑う佐野君。
腕は離してくれない。
佐野君を意識してまた私の体温が上がっていくのがわかった。
直視できない！　と思って、私は目を逸《そ》らす。

「…写真…あれは大事な写真なの…返して…！」

「…手の怪我が治《なお》るまで預かっておく」
「…え？」
逸らした目を戻して佐野君を見た。
『怪我が治るまで預かっておく』…ですって⁉
「なっ…こ、困る！」
「写真返して欲しかったら俺の言うことを聞け」
「えええっ⁈」
佐野君はぐいっと私の右腕をさらに引っ張った。
そのせいで二人の距離はぐっと縮まる。

「今日から梨乃は俺の…」
…佐野君の顔がとても近い…。
その距離に私の中は心臓の音で満たされていく。

「…俺の世話係ね」

…佐野駿矢は
甘くとろけそうな極上のスマイルで言った。

S王子様の世話係?

『お世話係』って…
何をしたらいいのですか…?

次の日学校に行くと佐野君はいつものように皆に囲まれていた。
「…おはようございます」
その輪の外から恐る恐る声をかけた。
「おはよう。一柳さん。…ごめん皆、
俺これから委員長と話するからいいかな?」
と言って、佐野君はその輪の中から抜けて私のところに来る。
「…はい、これ、昨日の冊子。配っておいて」
佐野君は左手でその冊子を差し出し、いつのものようにニコリ。
「…はい…」
私は仕方なくそれを素直に受け取る。
すると佐野君が手を離す瞬間さりげなく私の耳に囁《ささや》いた。
「…いい子だね」
「!!」
バッと顔を上げて彼を見た。
ふふんと甘い笑みを浮かべ勝ち誇った顔で私を見下ろすと、自分の席に戻っていった。
…何? あの余裕の顔…!!
でも身体は正直で…私は囁きで熱くなった耳をそっとおさえる。

『俺の世話係ね』
…昨日言われた言葉が頭の中でリフレインする。
…佐野君、どういうつもりだろ？
冗談…だよね？　きっと…。
昨日佐野君はその言葉を言った後、部に挨拶《あいさつ》して病院へ行くからとさっさと私を置いて立ち去ってしまった。
今も言うだけ言ってさっさと立ち去るし…
私は仕方なく、言われた通り大人しく冊子を皆に配って回った。

休み時間、佐野君はまた私を呼んだ。
「…ノート写せ」
「…え？」
佐野君は自分のノートを私に差し出す。
「俺に怪我《けが》させた責任！　右手使えなくて黒板とれない。これから授業全教科、俺のノートはおまえが取れ」
「ぜ、全部…?!」
「そう。命令。わかった？」
「くう…」
怪我をさせたのは確かに私…だけれども！
なんか、ちょっとマジで何様ですか?!
俺の面倒みろって…こういうことだったのね?!
「ほら行くぞ。次理科室に移動。梨乃、俺の荷物も持てよ」
に、荷物まで私に持たせるつもり?!
「別に左手が空いてるでしょ？」
「なに？　梨乃…俺に逆らうつもり？」
「…っ！」
佐野君は周りにいるクラスメイトには聞こえないくらい静かな低い声で、囁くように言った。

「お前は黙って俺の側で言う通りにしていればいい」
「なっ…！」
「言っただろ？　俺の世話、つまり面倒全てみる。
それが梨乃の仕事。…早くしろ。置いていくぞ」
「ちょ…、待ってよ！」
『俺の面倒全てみる』ですって…⁉
佐野君の豹変《ひょうへん》ぶり、相変わらず驚きの連続で正直まだついて行けない…！
…ああ、ホントなんでこんなことになったんだろう……。
仕方なく私は佐野君の荷物を持って彼のあとを追い、自分も教室を出た。

「…お前、字汚い…」
「…し、仕方ないでしょ？　ノート二冊分取ってるんだもん！
手が疲れるの！　文句があるなら他の人に頼んでよ‼」
休み時間。私は佐野君の席で前の授業のノートを提出していた。
すると、佐野君がノートをパサリと机に置いた。
そしてすっと包帯でぐるぐる巻きの右手をわざとらしく挙げた。
「…誰のせいで怪我していると思ってる？」
「………わ、私です」
「その責任を他人に転嫁《てんか》するつもり？」
「む…」
不満の顔を作って私は佐野君を見た。
確かに怪我をさせたのは私。だけど理不尽な態度が過ぎる…！
キッと睨《にら》むように無言で私は佐野君を見た。
一方佐野君は、そんな私を見てまたふっと笑った。
「…変な顔」
「ちょ！　ま…また変って…変って何よ！」
「わんわん吠《ほ》えるな犬」

「い、いぬぅ～!?」
「あ、違った。梨乃だった」
「どー間違えてそーなるのよ!!」
「…なんか、仲いいね？　二人とも」
その時、急に後ろからクラスの女子に声をかけられた。
「ずっと一緒にいるんじゃない？」
「っ私は別に一緒にいたくているわけじゃ…」
「委員長と接触して俺怪我しちゃって」
「！」
私がクラスの女子に説明をしようとしたらそれを遮《さえぎ》るように佐野君がいつもの王子様スマイルで説明を始めた。
「責任を感じて面倒見てもらっている。な？　一柳委員長」
な？　って言われても…まあそうなんだけど…
だけどそれだけじゃない。
写真をネタに私は脅されていると弁明、助けを請《こ》いたい。
なんて思って押し黙っていたらクラスの女子には見られないように佐野君は私の足を小突いた。
「痛っ」
「ね。委員長。困っているクラスメイトを助けるのも仕事の一つって言っていただろ？」
そんなこと一言も言った覚えありませんけど…？
なんてもちろん言えなくて…
「…こ、これも委員長の仕事の一つですので…」
あははと私は苦笑いをするしかなかった。

昼休み、私はまた佐野君に呼び出しをくらった。
「梨乃、来るの遅い」
「し、仕方ないでしょ?!」

屋上目指して私は一生懸命階段を駆け上がって来て、肩で息をしながら佐野君をにらんだ。
お昼休みは、せっかくパシリ解放かと思ったのに…
ああ、優奈やクラスの子と一緒にご飯食べたかったのに…！
ふうっと息を吐いて佐野君がいる場所まで進む。
佐野君はフェンスにもたれて座り、私を待っていた。
青い空を白い雲がゆっくり流れていた。
清々《すがすが》しい風は佐野君の髪を優しくなで、黙っていればやはり彼は爽《さわ》やかだと思った。

「なんで遅れた？」
佐野君は私が近づくとむすっとした顔で質問してきた。
「…それは、社会科の先生に雑用頼まれて…世界地図を戻しに行っていたから…」
「そんなの日直にやらせればいいだろ」
佐野君は私を見上げて言った。
「！」
………ち、近い…。
佐野君はいちいち必要以上に顔を近づけて言葉を放つ。
私は勝手に赤くなる自分の顔を佐野君に見られたくなくてわざと顔を逸《そ》らした。
「…梨乃が来るの俺、ずっと待ってたんだけど？」
「………え？」
逸らした顔を思わず元に戻して佐野君の顔を見た。
…え？　佐野君が私を……？
『待っていた』
佐野君のその言葉があっけなく私の心臓を鷲掴《わしづか》みする。
私の心臓はドキドキと激しく鳴り響き始める。
「…早くこれ開けて。俺超ー腹減ってんの」

と言って佐野君はパンを私の方に差し出した。
「………へ？」
「右手痛くて開けられない。だから梨乃が来るの待ってた」
「!!」
な、なんだ…そういうことか！　一瞬期待してしまった…！
ドキドキと浮かれた自分が超恥ずかしいっ!!
私はそんな気持ちを悟られないよう佐野君から奪うようにパンを受け取るとばりっと音を立ててパンの袋を開けた。
「はい！　どーぞっ！」
「ああ、…食わせて」
さも当然と佐野君は言った。
「………え?!」
「俺左手でメール打つので忙しい。早く」
「!!」
佐野君は携帯を片手に画面に見入っている。
「………っ!?」
屋上には数人の生徒がそれぞれお昼ご飯を食べている。
この状況で食わせてですって!?
「…む、無理！」
「誰も見てないって、早く」
「そんな…！」
ムリムリムリ!!　そんなことできない！
と思っていたらタイミングよく屋上から人がいなくなっていく。
「早く梨乃！　写真返して欲しいんだろ？」
「！　…欲しい」
「なら、俺に奉仕しなくちゃね…」
「!!」
口角だけをくいっと上げて見透かす目の佐野君の表情…
この人、見た目は天使だ。けど、本性はきっと…悪魔!!

「…なに？　何か文句ある？」
佐野君はさらに完璧な笑顔を私に向ける。
そして有無を言わさぬ圧力を放つ。
「………わ、わかりました…」
私は仕方なく勇気を出してパンを佐野君の口元へ持っていく。
ぷるぷると手が震《ふる》える。思わず力がこもる。
「梨乃、パン握りつぶさないでよ」
「も、文句言わないで！　早く食べて！」
佐野君はパンではなく、私をちろりと上目遣《うわめづか》いに見た。
心臓はバクバクと鳴ってまたもや意識が吹っ飛びそう…！
そのままぱくりと佐野君はパンを一口食べた。
「っ―――!!」
さ、佐野君がはむはむしてる！
わあーッ！　佐野王子が本当に私の手からパンを食べたあ!!
ちょ、なんか仕草が可愛いんですけど?!
うわあ…これ、心臓に悪いっ。ドキドキ止まらない…！
「お、美味《おい》しい…？」
て、何私聞いてんだろ…！
私はありえないぐらいてんぱっていた。
「うん。ジュースも飲ませて」
「は、はい…」
真っ赤な手で紙パックジュースのストローをさすと、佐野君の口元へ慎重に持っていく。
…なんか本当に佐野君の看病しているみたいだ。
「け、怪我の具合どう？」
「悪い」
「………」
佐野君の言葉は相変わらずぶっきら棒だ。
なんかだんだん手ごわい猛獣に餌をやっている気がしてきた…

「…佐野君、イメージとなんか違う」
「！」
佐野君の動きが止まった。
あ…。思わず本音がポロリとこぼれた。
それを聞いた佐野君はまた私を上目遣いに見た。
「…俺のイメージって？」
ふっとまた見透かすように私を見つめる。
口元が笑っているけど、目がマジだ。
「さ、爽やかな…王子様？」
私は優奈に聞いた通りのイメージを言った。
「ははっ！　何それ?!」
佐野君は呆《あき》れたように笑う。
「それ、おまえのイメージ？
だったら悪かったな。イメージ壊して」
佐野君はくくくっとこらえるように笑った。
「違う！　私じゃなくて優奈や皆が言ってたの…佐野王子って」
「ちょ、それまじで取ってたんだ？　梨乃は」
「だって…、佐野君とは今まで喋《しゃべ》ったことなかったから…」
そう。みんな騙《だま》されている。この見た目に…
「佐野君なんて王子様じゃない」
私はむっとした顔で佐野君に言った。
「…梨乃。　面白い顔してんな」
「お、面白いって⁉　失礼な！」
「もっと近くで見せてよ」
「えっ⁉　わあっ‼」
佐野君は携帯を床に置くとぐっと私の腕を取り、引き寄せた。
一気に彼の匂いが近くなって胸の鼓動が早まっていく。
顔と顔が凄《すご》い至近距離で向き合うと佐野君は目を細めて笑った。

「なっ！　急に引っ張らないでよ…！」
「また顔の表情変わった。なに？　緊張してんの？」
「!!　ひ、人の心を勝手に声にしないで！」
「はは。それ緊張しているって認めてるし」
「あ…。だって！」
「だって？　何？」
佐野君は余裕の顔でにやにやと笑う。
爽やかじゃない佐野君に…ドキドキする。
「…やっぱり佐野君は爽やか王子様なんかじゃない！
イジワル王子だ!!」
「っぷはっ!!」
私の目の前で佐野君は我慢できずに声を出して笑った。
今までにないぐらい眩《まぶ》しい笑顔を作って。
カァ———ッと顔が赤くなっていく自覚があった。
「ククっ。それでも俺、王子なんだ？　やっぱり梨乃面白いね」
「も、もう！　面白いってなに？
佐野君、またからかっているでしょ？　手、放してよ…！」
「やだ。梨乃もっと面白い顔見せてよ」
「ええっ!?」
面白い顔見せろってどういう顔をしたらいいの?!
「…ムリ！」
「…ダメ。するまでこの手離さないから」
「そ、そんな…だからどうしてこんな嫌がらせするの？」
「ああ、お前嫌がってたの？」
「えええっ?!」
私、めちゃめちゃ嫌がっているつもりですけど?!
「じゃあ、もっと嫌がれば？」
「なっ！」

さらに佐野君は私の手を引いた。
持っていたパンが床にコロンと落ちていく。
とんっと頭が何かにぶつかり、佐野君の匂いがさっきより強くなった。

「あ、しまった」
すると、直ぐ頭の上から佐野君の声が響いて聞こえた。
私の視界は佐野君の着ている制服でいっぱいになりもうすでにパニックで意識がふっ飛ぶ寸前！
「これじゃ梨乃の顔が見えない」
「ぅうぅ゛っ‼」
私は声にならない叫び声をあげた。
佐野君の胸と腕の中で…

「梨乃、帰るぞ」
放課後、佐野君は教室に皆がいなくなると私の席に近づいて来た。が、私は後ろを振り向けないでいた。
「………」
佐野君が無言で私の席の後ろに立っているのが気配でわかった。
仕方なく、そのままの姿勢で佐野君に話しかける。
「さ、佐野君。部活は…？」
「…怪我《けが》しているからまだ出られない」
「で、ですよね…」
緊張する。
後ろ、どうしても振り向けない。
昼休み、あの後私はぎゃーっと叫んで暴れてその腕から逃れると一目散にその場から走り去った。
佐野君を屋上に残して…

その後の午後の授業は優奈にぴったりと引っ付き、佐野君から逃げ回った。
面白い顔と佐野君にからかわれ、その上、腕を引っ張られ勢いで彼の胸に顔を埋めてしまった私は一体彼ににどんな顔で接すればいいの…⁉
放課後、さっさと逃げようと帰り支度を進めていたら、携帯にメールが届いた。
中を確認すると、佐野君からだった。
『放課後一緒に帰ろう。逃げるなよ』という文章の後ろに笑顔の絵文字…余計に怖い…
私は仕方なく、そのメールに従って教室に残っていた。

「…梨乃」
「ひゃあっ！」
私はばっと身体を半分捻《ひね》ってその声の主を確認する。
…ビックリした…‼
佐野君は私の耳に囁《ささや》くように私の名前を呼んだ。
私と目が合うと佐野君はにこりと笑った。
「梨乃、顔が赤いけど、大丈夫？」
「……っ‼」
一見、今まで通りのイメージの皆が知っている爽やかな佐野君。
だけど、もう私は騙されない。
昼間同様、佐野君…私をからかって楽しんでいる…！
「…だ…いじょうぶです…！　帰るんだよね？
えっと佐野君の荷物持てばいいの⁈」
「ああ、気がきくね。梨乃ちゃん。これよろしく」
と言って佐野君は私の机にどかっと彼の鞄《かばん》を置いた。
…まじで荷物を持たせるつもりらしい。
ひ、ひどい…全然優しくないっ‼

だけど断ることができず、逆らえない私…
はあ、…もう自分が情けない…。

校門を出て学校の最寄駅へ向かう。
すれ違う生徒が時々佐野君に話しかける。
私はそれを大分後ろから見守りつつ、佐野君の重たい荷物を持って気配を消して歩いていた。
佐野君は利《き》き手を怪我しているけど、肝心の足は元気そのものでどんどんと歩いて私をおいて行く。
あっという間に姿が見えなくなった。
「…あれ？　私、置いていかれた？」
少し歩く速度を上げて佐野君が消えて行った駅構内に私は慌《あわ》てて入って行った。
佐野君の家の方向は知らない。
…さっさと電車まで乗られると困る…！
「どうしよう…？」
佐野君の荷物を持ってきょろきょろとあたりを見まわした。

「梨乃遅い」
「きゃあっ⁉」
私の頬にひやりと冷たくて硬い物が触れた。
驚いて飛び退《の》くように振り向き確認すると、それはオレンジの缶ジュースだった。そしてそれを持っているのは佐野駿矢…
「お疲れ。やる」
「…え？」
「お前汗だく。荷物持ちのご褒美《ほうび》にそれ飲んでいいよ」
「…ええっ？」
飲んでいいと言われましても…

「…私、両手塞《ふさ》がっているので…」
受け取れないと言おうとした時、
「なに？　今度は俺に飲ませろって？」
ふっと佐野君は眩しい笑顔で言った。
「ち、違う！　あの、えっと…」
「梨乃、帰り何番ホーム？　俺は一番だけど」
「あ、私も一緒…」
「そう。ならあれ乗ろう」
目の前に停まっている電車に佐野君は乗り込んで行った。
電車のドアが閉まる音楽が流れ始める。
「あ、待って…！」
と思わず呼び止めたその時、私は人にぶつかり荷物を落としてしまった。
ぶつかった人に謝り、急いで鞄を拾《ひろ》い上げ見上げた時、電車のドアはもうぴったり閉まった後でゆっくりと走り出していた。
「あー…」
電車出ちゃった。と間抜けな声を出して電車を見送る。
「…あーじゃない。梨乃どんくさい」
「え…？」
さっさと電車に乗り込んでいたはずの佐野君が、電車が走り去ってほとんど人がいないホームに立って私を見ていた。
「佐野君…電車に乗ったんじゃ…？」
「…待って。って梨乃、言ったでしょ」
佐野君は私に近づくと、私の手から自分の荷物を取って近くのベンチに腰をかけた。
「…座ったら？」
二人掛けのベンチにオレンジの缶ジュースをコツンと置く。
佐野君はふうっと息を吐き、ベンチの背にもたれリラックス。
「………」

私が『待って』と言ったから佐野君電車から降りてくれた…？
人が多く、音楽も鳴って騒がしかった。
だから私の声は佐野君の耳に届かなくても不思議じゃなかった。
でもちゃんと私の声は届いていた。
そして…電車降りてくれたんだ…。
私は躊躇《ちゅうちょ》しながらそのベンチに近寄って行く。
「…お、お邪魔します…」
と言って私は置かれたジュースを避け、ベンチの隅っこ、佐野くんの反対側に座った。
うわ…同じベンチに座るだけで緊張する…
「…ジュース、飲めば？」
佐野君は横目で私を見るとぽそりと言った。
佐野君がジュースをくれた…
なんだろ…？　なんか裏があるのかな…？
「ぷ。警戒してる」
ジュースをいっこうに飲もうとしない私を見て佐野君は少し呆れたように笑った。
「ご褒美だって言っただろ？　…それともいらない？」
「い、いります！」
喉《のど》はカラカラに渇《かわ》いていた。
それに私はオレンジジュースが好きだったりする。
佐野君の授業のノートとったり、荷物持ったり色々彼の世話をしているからこれぐらい奢《おご》ってもらってもいいのかもしれない。
と、思えてきてそのオレンジジュースに手を伸ばす。
「…ありがとう」
ジュースを持ち上げながら佐野君をちろりと見た。
「どういたしまして」
佐野君はにこりと微笑《ほほえ》んだ。
「！」

バッと目を逸《そ》らして前を向くと缶ジュースをぷしゅっと開けて私は一気に喉を潤《うるお》す。

………やばい。
佐野君の笑顔、いつまでも慣れない。
言葉や仕打ちが私にだけきつくて、普段はからかったり、イジワルばかり…。なのに急に見せる爽やか王子スマイルは反則だ。
その笑顔一つでドキドキと胸が高鳴って、何でも許してしまいそうになる。
さらに缶ジュースをあおるようにぐびぐびと私は飲んだ。
「ぷはっ」
「ははっ」
「？」
隣にいる佐野君がなぜか笑って、不思議に思って彼の顔を見た。
「ぷはって…。一気に飲まなくても。そんなに喉渇いてた？ジュース美味しい？」
「…だって！　…オレンジジュース私好きで…美味しいし…」
急に恥ずかしくなって私は顔を真っ赤にして俯《うつむ》いた。
…やだ。佐野君、私がジュース飲むところじっと見てたの？
「梨乃って基本無防備だよね。
さっきまで警戒しているかと思ったらもうそんな顔してる」
「そ、そんな顔って…どんな？」
「だから無防備な顔。隙だらけ」
「そ、そうなの…?!」
え？　私、ジュース飲むとき無防備なのかな?!
知らなかった！
？　いや…もしかして…
「…また変な顔ってからかってるんでしょ？」
私は佐野君をちょっと睨《にら》むように見た。

「…ああ、わかった？」
「……酷《ひど》い！」
やっぱりからかっていたんだ！　と思って怒ろうとした時、
「でもその顔、可愛いよ」
「………………え…？」
耳を疑う言葉が私の声を止めた。
「俺に素の顔を見せる梨乃は、気に入っている」
「…えええっ!?」
どビックリの言葉が連発で佐野君の口から出てきて、私は目を丸くするばかりだった。
佐野君とこんなに喋るようになったのはこの数日…
確かにいろいろあったし、この学校の王子様に緊張はするけど素の自分だったことは認める。
だけどでもまさか…佐野君の口からまた可愛いと言われるなんて…！　うわ…信じられない…！　…本当なら…嬉《うれ》しい…!!
「そ、そうかな…？」
私は顔を真っ赤にして下を向いた。
緊張で喉が渇く…
ジュースを持ち上げると、ぐいッと残りを飲み干した。
「ジュース、ごちそうさまでした！」
私は佐野君と目を合わせずにお礼を言った。
「あ、飲んだ？
じゃあこれからも俺の召使《めしつか》い頑張ってね梨乃ちゃん」
「……え？」
カランと飲み干した缶ジュースが手から滑り落ちて、軽い音を立て転がって行く。
「休憩終わり。梨乃へのご褒美はジュース一本と…」
佐野君はベンチからすっくと立ち上がり、落ちた缶ジュースを拾うと、私の前に立ってそれを差し出した。

私は佐野君の顔を見上げた。
佐野君は私の空いた手に缶ジュースを持たせると極上の笑顔でにこり。
「リップサービス」
いつも私にだけ見せる悪魔の微笑をその顔に浮かべた。
「…えええっ!?　なにそれっ!!」
「人に怪我させておいてご褒美があるだけ喜べよ」
ふっと笑うと佐野君は私から離れていった。
その様子をぽかんと口を開けたまま私は固まって見送る。

「…佐野王子、考えてることぜんっぜんわかんない！」
私は空の缶ジュースをぎゅっと握りしめた。
「待って…佐野君っ!!」
仕方なく私はベンチから立ち上がると、置いていかれた彼の荷物を持ってスタスタ進む佐野君の後を追った。

憧れの先輩

「梨乃！　おはよー」
「あ…お、おはよ…」
朝、私が教室に入ると元気いっぱいな優奈が近寄ってきた。私は挨拶《あいさつ》もそこそこに彼女の肩越しに彼の姿を探した。
「なに？　梨乃ったら！　朝から佐野君を見つめちゃって〜」
優奈は私が佐野君を探していたことに、すぐに気がついた。
「ちょっ…違う！　てか、声デカいよ優奈‼」
優奈の腕をぐいッと引っ張って私は大げさにしーっと指を立てて言った。
「…見つめてない！　…誤解を招くようなこと言わないで！」
こそこそと私は続ける。
「…優奈は私が佐野君ファンって誤解してるよね。
…それ、困るから…！」
「えー？　だって梨乃、佐野君と仲いいじゃん。
羨《うらや》ましいなあ〜」
「う、羨ましい？　…私は委員長として仕方なく…だよ！じゃなきゃ、同じクラスでもこんなに喋《しゃべ》ってないよ！」
「ふ〜ん。委員長として、ねぇ…まあやっぱ羨ましい！
でも確かに仲が良いのも大変かも。皆の視線平気？　大丈夫？」
「…へ？　皆の視線…？　て何⁇」
「こないだ廊下で他のクラスの女の子が言ってたよ。委員長の立場が羨ましいって！」

「…だったらマジで立場代わって欲しい…」
私はがくっと肩を落として言った。皆本当にわかってない。
でもたとえ私が佐野君の本性を話しても誰も信じてくれないんだろうな…。
ああ、なんか王様の耳はロバの耳の主人公の気分。王様ではなく王子様の正体をみんなに言って回りたい…。
私も穴に向かって叫ぼうかしら…？
あの爽《さわ》やか佐野王子の正体は俺様暴君な人をからかって楽しむドＳ王子様だって…！

「ああ、叫びたい…！」
「…梨乃、人に静かにって言っておきながら自分は叫ぶの？」
「そ、そんな気分なのっ！」
「ふーん。まあいいや。
そういえばその佐野君が今朝私に話しかけてきたよ！」
ズキンとその時、小さな痛みが胸に走った。
「…え？　あ、そうなんだ。へえ…？　よかったね」
「よくないよう～。なんで声かけてきたと思う？」
「…さあ？　おはよう？」
「…そらおはようって来たけどさあ、用件がなんと！
梨乃のこと！　梨乃はまだ来てないのかってわざわざ！」
「えええっ⁉」
な、なんで？　本当にわざわざどうして？
「な、何を話したの？」
「来てないよって答えて、それから梨乃と仲いいよね～とか！
佐野君、あんなに皆のアイドルなのに喋るとかなり話しやすいね。ますます好感持っちゃった…！」
優奈は少し頬を赤らめてにこっと笑った。
ズキンとまた胸に鈍《にぶ》い痛みを感じた。

「…ま、まさか優奈…だ、ダメだよ!?
優奈には素敵な彼氏がいるんだから!!」
「ぷ！　な〜に？　梨乃ったら〜ムキになって！
私は大丈夫だよ！　てかその様子やっぱり佐野王子のこと…」
「ちがう！　私は優奈のことが心配で…」
「はいは〜い」
「もう優奈！　ちゃんと聞いてる？」
「聞いていますよ〜？　にひひ。ほら梨乃〜！
王子様がお呼びなんだから早くそばに行ったら??」
優奈はニヤニヤと私を見ていてまったく疑いが晴れたようには見えなかった。
「…わかった。行ってくる…」
これ以上言い返すとますます誤解されそうで私は口をつぐみ、しぶしぶ佐野王子の元へと近づいて行った。

「さ、佐野君…おはよ…」
携帯をいじっている佐野君に恐る恐る私は話しかけた。
すると彼は私に気がつき、顔を上げるとにこり。

「…梨乃、来るの待っていた」
!!
「ご、ごめん…」
…ド、ドキドキする…!!
佐野君の声は聞いててとても心地がいい。
その声で待っていた…は、反則だ…!!
ああ…私、いつになったら佐野君に緊張せずに話ができるようになるのかな…。なんか一生来ない気がする…
「…１時間目、授業現国。俺のノートね。よろしく梨乃ちゃん」

にこりと佐野君は笑って現国と書かれたノートを私に差し出してきた。
「あ、はい…」
すっかり日常業務と化しているやりとりなので、何の違和感もなくそのノートを受け取ろうとした。
「…?!」
すると、佐野君がノートを持つ手を離さない。
そのまま私をじっと真剣な目で見つめる。
「な、なに…？」
恐る恐る聞いてみた。
「…そんなに嫌？」
「え？　佐野君…？」
ドキンと心臓が大げさに跳《は》ねた。
「…何でもない」
という言葉と同時に、佐野君はパッとノートを持つ手を急に放した。力いっぱいノートを引っ張っていた私は思わず後ろにこけそうになった。
「…何が？」
佐野君の言葉の意味がわからず、普通に質問を返す。
「何でもないよ、梨乃ちゃん？」
佐野君はすっと王子様スマイルに戻った。
え…意味、わかんない…
「…そう。なら席にもどるね」
くるりと佐野君に背を向け、私は言い捨てるようにその場を離れ自分の席に向かった。
…なんとなく、佐野君に笑顔で壁を作られたような気がして私は面白くなくなった。

その日の昼休み、私は優奈とご飯を食べることにした。

優奈の席は校庭が見える窓際。前から四番目と廊下側の一番前の私とは天国と地獄くらい違いとても羨ましい。
私の席はドアが目の前で、人の出入りが常にあるし、廊下側が北側で南側と違ってお日様は届かず、ずっと寒い。
黒板も見えにくいし、何か問題や、発表するとき大抵私が一番にさせられる。…とにかく早く席替えをしたい。
今度、委員長の権利として先生にお願いしてみようかな？

なんてことを考えながら、今日の午前中の佐野君の違和感をあまり考えないよう、思考から追い出すように意識していた。

「いただきます」
私は自分のお弁当箱を開け、早速食べる準備を進める。
「いただきまーす」
優奈は手を合わせ丁寧《ていねい》に言うと、お弁当を食べ始めた。
私は好物の卵焼きを箸《はし》で持ち上げ、一口パクリ。
「…今日は佐野王子とランチデートじゃないんだ」
「うぐはっ！」
卵焼きが丸ごと喉《のど》の気管に入って私はむせた。
「うわ…梨乃大丈夫？」
「…いきなり変なこと言わないでよ！　びっくりしたぁ～」
まさか好物の卵焼きにこんなに苦しめられるなんて…！
ゴホゴホむせた後、私はお茶をごくごくと飲んだ。
一息落ち着いてから改めてじろりと優奈を睨《にら》む。
「あー。怖い怖い。梨乃が睨んでる～」
まったく怖がっていない優奈が笑いながらケロッとした顔で自分のお弁当をまた食べ始める。
「…お昼佐野君といたこと、たぶん優奈しか知らないんだからね？　誰にも言わないでよ？」

本当はむりやり食べるのを手伝わされているのに…
他の人にも佐野君とランチデートしているなんて誤解されたら…困る！
「言わないけど、じゃあなんで今日は別々？」
「佐野君、今日は友達と食堂で食べるんだって」
「ふーん。手、大丈夫なんだ？」
…そういえば、お箸とか持てるのかな？　手で食べられるパンばっかり最近食べているって佐野君言っていたのに…
「今日は他の介護の人がいるのかな？」
胸にちくりと謎《なぞ》の痛みが走った。
「…それなら何より！　私は晴れて自由の身！」
「ふーん…？」
優奈は何やら含みのある相槌《あいづち》を打ちながらお弁当のおかずをパクパクと食べていく。
私はふうっとため息をついてなんとなくぽかぽか陽気の太陽につられるようにグラウンドを見た。

「あ！」
梶原先輩だ！
「ん？」
優奈が私の声に反応して同じようにグラウンドを見た。
梶原先輩とたぶんサッカー部の数人が楽しそうにでも真剣にサッカーをしていた。
「うわ…サッカー部昼休みも部活やってんの？」
「梶原先輩、ご飯ちゃんと食べたかな…？」
砂が舞うなか梶原先輩が駆けている姿はやっぱりかっこいい。
じいっと私はその姿を目で追い続けた。
「この席、やっぱりいいね。羨ましい」
「まあねえ〜あったかいし、その代わり授業中眠くなるよ？」

優奈はふふっと笑った。
こういう時、小柄な優奈はお日様の光に喜ぶ小さなお花みたいで和む。おっとりとした見た目と違ってズバッと物を言うところが気が合って、一年の時仲良くなった。
ミーハーで恋愛に積極的だったのは付き合ってすぐにわかってとても意外だった。

「…私は梶原先輩がタイプなの！」
と、思い切って私は優奈に言った。
「ああ、知ってるよ〜」
「ええっ!?　知ってる??」
予想外の返事が返って来た。
「うん。梨乃ってけっこうわかりやすいよ。
…いつ打ち明けてくれるのか待ってたんだから私！」
「そ、そう…なんか、ごめん…」
優奈に梶原先輩のこと憧れていたことがばれていたのならさっさと話せばよかった…
「でも…意外だった」
「？　…意外？」
「そう。梨乃が梶原先輩じゃなくて佐野王子に興味持つなんて。
うんうん。梶原先輩から佐野君に心変わりする気持ちわかる！」
「!!　だから…違うってば！」
「ムキになるのは図星でしょ？」
「違うもん！」
と言って私はぷいっとわざと優奈から顔を背けた。
「はいはい。素直になろうね〜梨乃ちゃん。
君、意外と顔に出るから気をつけた方がいいよ？」
「き、気をつけるって…？」
また思わず優奈を見て聞き返した。

「ごちそう様〜梨乃、早く食べて！　次、教室移動しなくちゃ」
「ちょっと！　優奈！　気をつけるって?!」
そんな私の様子なんてお構いなしの優奈はさっさとお弁当を片付け始めた。
「いや、気をつけなくてもいいかもね」
優奈はニコリとまた微笑《ほほえ》む。
「?!」
意味がわからない。
私ってそんなにわかりやすい表情をしているのだろうか？
佐野君には面白い顔って言われるし…
お弁当を食べたことでお腹《なか》は膨れたけど、なんだか消化不良だ。
優奈の謎の微笑の理由や、佐野君の言動がわからないのはもしかしたら私に原因があるのかもしれない…。

「梨乃、置いていくよー？」
「あ！　待って…！」
私は慌《あわ》ててお弁当を片付けると教室から出て行こうとする優奈を追いかけた。
どうして佐野君も優奈も私を置いてさっさと行ってしまうのよ。
もう!!
バタバタと教室を出て行ったことで、ゆっくりとグラウンドにいる梶原先輩を私は鑑賞することはできなかった。
けれど、そのこと自体に気がついたのは次の授業の最中だった。

放課後デート

「佐野君！　待って！」
校門を出てしばらく歩いた。
少し遠くなった校舎からは下校のチャイムが聞こえる。
私はいつものようにさっさと先を進む佐野君の後ろを、彼の荷物を持ってパタパタと小走りでついて行く。

“放課後校門で待て”
と、佐野君からメールが来たのは今日最後の授業、六時間目が終わってすぐだった。
メールが来た時、思わず後ろを振り向き、佐野君を見てしまったけど、その時は全く彼と目が合わなくてそのまま見つめ続けることもできずに前を向いた。
そしてそこから私のそわそわは始まる。
佐野君と毎日メールしたり、休み時間に話したり、放課後一緒に帰ったり…怪我《けが》をさせた不可抗力とはいえ、少しのドキドキと必要以上に意識してしまっているのは、きっと昼休み、優奈に言われた言葉のせい…。
だって、佐野君の性格は噂《うわさ》で聞くようなジェントルマンでも優しくもない。
召使《めしつか》いのように私はこき使われているもの。
このドキドキはきっと今日はどんな恐怖を味わうのかという怖《おそ》れに違いない。

「…梨乃、今度は独り言？」
「へ？　わっ」
下を向いたまま私はぶつぶつと心の声が漏《も》れていたようだ。
佐野君の声に顔を上げると、彼がこっち向いて仁王立ちして待っていた。
「あ、ぶない！　ぶつかるところだった」
「下を向いてぶつぶつ言ってる梨乃の方がどう考えても危ない。…色んな意味で」
「ええっ!??　うあっ!!!」
いきなり佐野君に頭を小突かれた。
驚いて反射的に思いっきり肩をすくめる。
「反応遅い…」
「…いえ、これでマックスの反応です！」
頭を押さえてさらに一歩下がって佐野君との距離を取った。
「はは！　マジで？　梨乃遅っ」
うわぁ…。　心臓がやばい…
いつもそうだけど、今日の佐野君の行動特に予測不可能…！
急に嫌？　って聞いて来たり、無愛想だったり、何事もないようにメールしてきたり、先歩いてると思ったら立ち止まって待っていたり…いきなり小突いて最上の笑顔になったり…。
私、完璧佐野王子に振りまわされている…でも、

………嫌じゃない。
今、居心地がいいのはなんでなんだろう…？

「梨乃、ちゃんと前を向いて歩けよ」
「は、はい…」
と言う佐野君の顔をまともに見られず、下を向いたまま自分の

鞄《かばん》と佐野君の鞄を胸のところで両手に持ちぎゅっと抱いた。
なんだかやっぱりそわそわして、落ち着かない。
きっと学校一イケメンの良くも悪くも佐野君の色んな一面を見てしまって私、おかしくなってる…
「退屈だな…」
「え…？」
佐野君の言葉にどきりとした。
「梨乃、この後なんか予定ある？」
「え？　予定…？」
顔を上げて佐野君を見た。
そこにはいつもの爽《さわ》やか笑顔があった。
思わずほっと胸を撫《な》で下ろす。
…なんだ…びっくりしたぁ。
急に退屈なんて言うから、私といて退屈なのかと思った。
「予定あるの？　ないの？」
爽やかな王子スマイルのまま、少し声にいらっとした色が見えた。
「予定…ない…」
「そう。なら寄り道しよう。こっち」
「ええっ⁉」
ぐいッと佐野君は私の腕を掴《つか》んで引っ張ると、そのままズカズカと歩き始めた。
「ちょっと、待って佐野君！　腕…！」
キャーッ！
さ、佐野君に私のぷよぷよ二の腕、掴まれてるぅーッ‼
腕を握られてよろめき縺《もつ》れる足で歩きながら、私は顔を真っ赤にしていた。
佐野君って本当強引！
どうしよう、どうしよう？

この手を振り払うなんてできないし、でもなんかこの状況、私悪いことして無理やり連行されいるの図じゃない？

いや、無理やりには違いないか…て、そんなことどうでもよくて、うわあーッ！　本当、どうしよう？　変な汗出てきたし！

ちょっと、私、これからどこに連れて行かれるのー????

佐野君は全く気にせず…私を引きずるように彼の目的地まで連れて行った。

「こういうところ来るのすっげえ久しぶり」

「私も、です…」

今私達は、佐野君たっての希望で、ゲームセンターに来ていた。

ああ…もう、吐きそう…

私はくらりと眩暈《めまい》を感じた。

あちこちから流れる音の洪水と佐野君の明るい笑顔に酔いそう。

他校の学生がちらほらと、それぞれ夢中になって遊んでいる。

私は同じ学校の人がいないか警戒して周りを見つつ、付かず離れず佐野君の後ろをついて回っていた。

佐野君は何も気にすることなくどんどん奥に入って行く。

「あ…！」

私は一つのＵＦＯキャッチャーに目が釘付けになった。

中には限定のぬいぐるみキーホルダー。

「かわいいっ！」

思わず顔がにたっと微笑《ほほえ》んでしまう。

両手をガラスにくっつけて中を必死に覗《のぞ》き込んだ。

「取れるかな…？」

でも私、今までＵＦＯキャッチャーで商品を一度も取れたことがない…。欲しいけど、ムリかなあ…

未練がましく私はじーっと中にいるぬいぐるみと目を合わせてしばらく悩んでいた。
…と、いけないいけない！　佐野君のところへ行かなくちゃ…！
取ることを諦《あきら》め、私は佐野君の姿を探した。
何かゲームをしている。
佐野君の側にそっと近寄り、彼がするゲームを後ろから覗く。
「…なに？　梨乃もやる？」
「っ！　や！　い、いいっ！」
不意に佐野君が振り向いて顔がとても近くなり私はいつものように動揺してしまった。
「梨乃も適当に遊んだら？」
ゲームセンターにはあまり来ない。来ても友達と記念でプリクラを撮《と》ったり。そんなにがっつり遊びには来たことがなかった。
それも…女の子以外とは初めてなわけで…
「遊ぶって何をしたらいいのかわかんないから…」
ヘラッと笑って私は答えた。
「ふーん…」
佐野くんはじーっと私の顔を見つめてきた。
心臓がまた鼓動を速める。
…きっとこれ、心臓に悪い。
…そのじっと見つめるくせ、やめて欲しい…！

「…じゃあ、梨乃が遊べるやつ探そうか」
「！」
佐野君はにこりと優しく笑った。
…胸がきゅんとなった。締め付けられて……ドキドキする。
…やばい、やっぱり私、佐野君といると寿命縮む…！
強引にわがまま言って付き合わされたり、急に優しい言葉をくれたり、佐野君は予想外のことをする。

私はそれにどうしてもうまく対応できずにいまだにおろおろして。

…私、きっと重症だ…。
彼の笑顔や仕草にいつもドキドキしている。
そして同時に、その彼の笑顔がとても…
裏があるように感じてしまう…！
嬉《うれ》しい。けれど、何度もその笑顔に騙《だま》されて来た私はすっかり佐野君を警戒しまくっていた。

だけど、確実に彼の甘い毒牙に私はやられつつあることにその時は全く気づかなかった。

「梨乃、遊びたいやつないの？」
「…遊びたいの…は…」
さっき見ていたぬいぐるみがいるＵＦＯキャッチャーが頭を過《よぎ》った。でも、それがやりたい。欲しいって言ったら、佐野君にはなんかバカにさるような気がして私は口ごもった。
「なに？　どれしたいの？　はっきり言えよ」
思わずびくっとなった。
佐野君が私をまっすぐ見つめて必要以上に近づいてくる。
また私は距離を取ろうと一歩下がる。
「…逃げんなよ。梨乃」
「せ、背の高い佐野君に凄《すご》まれたら誰だって逃げるよ…」
と、少し反論をしてみる。
「…女で逃げるの梨乃ぐらいだけど？」
「！」
その言葉に今度は胸がズキンと痛んだ。
「………」

どんどん胸の中に、もやもやとしたどす黒い気持ちが広がっていく。これ、なんだったっけ…この感覚、朝にもあった。
そう、確かその時は優奈が佐野君の話で頬を赤らめたときに感じた痛み…
また私は下を向き、佐野君から視線を逸《そ》らした。

「…なんか、傷つくな…」
「………え？」
いきなり予想外のセリフにビックリしてチラリと佐野君の顔を見ると、佐野君は微笑みながら少し悲しそうな顔をしていた。
「…?!」
訳がわからず、私は目をぱちくりさせながら佐野君の顔を見る。
「女の子に俺、怯《おび》えられてるってどうなの？」
さらに悲しそうな顔をして佐野君は言った。
「そ、そんな怯えてなんかないよ！」
と、思わず私は言ってしまった。
「…梨乃、怯えてない？」
「う、うん！　全然！　私は大丈夫だよ」
なぜかいつのまにか私が佐野君を一生懸命励ますみたいな図になっていた。
「…じゃあ、もう逃げない？」
「に、逃げない！」
力を込めて私は佐野君に答えていた。
「…そう。ならよかった」
佐野君はきらきらと爽やかな笑顔を私に惜しげもなく振りまいてくれた。
思わずうっとりしてしまいそうなその笑顔が目に焼きついたその瞬間、次に彼の口から信じられない言葉が放たれた。

「梨乃、300円出して」
「…………ええ゛?!」
面白いぐらい私は目が点に…。
ま、まさか…、佐野君の本当の目的は…私のお金ぇー!?
「300円くらい、持っているだろ？　早く出して」
「なっ…」
驚きの顔そのままに、私は佐野君の顔を見る。
「まさか、もう遊ぶお金なくなったの？」
「違うし…いいから貸せよ」
かつあげですか？
ちょ、何急にッ！　ていうか、
これがやっぱり佐野君の本性…！
「や、やだ！」
私はビビりながらでもはっきりと言った。
「…とに、お前ってホント俺の言うこと聞かないよな」
「…っ!!」
本当にあなたはあの佐野王子ですかっ!?
と、数日前の私ならびっくりしてひっくり返っているところだ。
だけど、そうだった。
これが本当の佐野君の姿だ。
皆には見せない裏の顔…皆には…絶対見せない。
…私の弱みを握ってから見せるようになった佐野君の裏の顔…
「…わかった。もういい」
それだけ言って佐野君は私の脇を通り過ぎて行く。
「…っ佐野君…！」
後ろを振り返り、急にどこかへ向かう佐野君の背を見つめた。
「ねぇ、佐野くっ…!?」
私がもう一度彼の名前を呼ぼうとした時、彼が立ち止まった場所がどこかわかって、心臓がぎゅっと縮むくらいビックリした。

佐野君が立っている場所、それは、さっき私が見ていたぬいぐるみがいるＵＦＯキャッチャーの前だった。
お金を入れ、機械が陽気な音楽を奏でながら光り、動き出すと佐野君が私の方に振り向いた。
「取れなかったら次、お前が出せよ」
にこっと笑って前を向くとアームの操作を始めた。
「っ…！」
胸がまたぎゅっとなった。
今まで感じたことがない感覚に自分でも戸惑う。
「…どうして…私がこれ欲しいってわかったの…？」
真剣な目でアームを動かす佐野君の横顔に、私は聞かずにはいられなかった。
「あ、急に梨乃が話しかけるから…」
佐野君が狙ったぬいぐるみのキーホルダーは少し位置をずらしただけで持ち上がらず失敗した。
「ご、ごめん…」
「…また梨乃謝ってる」
そう言うと佐野君は私の頭をまた小突いた。
「いたッ！」
「次、絶対取るから梨乃見てて」
また真剣な目で佐野君はぬいぐるみを見つめる。
佐野くんはその言葉通り、有言実行して見せた。
アームがみごと佐野君のお目当てのぬいぐるみを持ち上げた。
「きゃあーッ‼」
私はそれを見ただけで大興奮してしまった。
ガタンと音を立ててぬいぐるみが落ちてきてそれを佐野君がひょいと拾《ひろ》い上げ私の方に差し出してきた。
やった——！　超かわいいっ‼
うっとりそのぬいぐるみを私は見つめる。

「これ、欲しかったんだろ？」
「うん！」
有頂天で、私はぬいぐるみを受け取ろうと手を差し出した。
「梨乃、待て！」
すると佐野君は私がまさに掴もうとした瞬間、そのぬいぐるみをひょいと持ち上げた。
「…え？」
思いっきり、がっかりの顔で佐野君とそのぬいぐるみを見つめる。
…ま、まさか、こんなおもちゃが趣味とか今さらばかにされるのかな？　それとも、倍の600円で買えとか言うつもり?!
不信感たっぷりの目で私は佐野君を見つめる。
「そんな恨めしそうに見るなよ。梨乃、これそんなに欲しい？」
佐野くんは爽やかに、でも不敵に笑う。
くっ…。やはり、脅される…？
「ほ、しいです…」
警戒しつつ、正直に私は言った。
すると佐野君はにやりとさらに不敵に笑った。
うわ…そうだった。
この人は優しいふりが得意なんだってことを…！
この後、どんな条件言われるのかな…
…何かきっとよからぬ企み考えているに違いない…！
「梨乃、もう一回おねだりして」
「お、おねだり？」
「そう。佐野様どうぞわたくしめにお恵み下さいって、言ったらこれあげるか考えてやるよ」
「ええ゛っ!?」
何ですって…？
…ちょっと、どんだけ上から目線なの…!?

「なに？　これ、欲しくないの？」
佐野君は私の目の前にぬいぐるみキーホルダーをぶら下げて笑う。
……欲しい。超欲しい…！
一度は諦めかけたけど、いざ目の前にぶら下げられたら…
欲しくて仕方ない…‼　けど…！
「お、お金払うから…下さい」
私は財布から300円を出そうとした。
「ぷはっ！」
「⁉」
ビックリ！　佐野君が急に佐野君らしくないくらい噴き出して声を出して笑い出した…?!
「あははッ！　梨乃、金で解決って…！　そこまでしてかよ！」
「だって欲しいもん…！　…ください。そのぬいぐるみ…！」
私は300円をぎゅっと右手に握ってそのこぶしをまっすぐ佐野君に突き出した。
「ふ…本気なんだ…」
佐野君はまだ面白いらしくクスクスと笑っている。
「対等にもらうにはほかに方法ないでしょ？」
きっと少し睨《にら》みながらそんな佐野君を私は見て言った。
「…ふーん」
佐野君は笑うのをやめじっと余裕の顔で私を見つめ返してきた後、すっとそのぬいぐるみを近くのＵＦＯキャッチャー台の上に置いた。
そして、私の握りこぶしに手を伸ばしてきた。
…交渉成立かと思ったその時だった。
「わっ！」
ぐいっと握りこぶしを作っている手首を掴まれ、私は佐野君の方に引っ張られた。

驚いた拍子に手から300円がチャリンと音を立ててどこかに転がって行く。
ぐっと近くなった佐野君のどアップに戸惑いドキドキしていたら、
「……通行の邪魔になってる」
「………え？」
佐野君がさらに私を引き寄せた。
自分の肩越しに後ろを振り返ると数人の他校の生徒が通り過ぎていく。
「………あ…すみません…」
気まずさから私がそう謝ると、
「…やるよ。ただで」
「え？」
私の頭すぐ近くから佐野君の声。
ぱっと反射的に背の高い佐野君を見上げた。
ち、近い!!
そう思い佐野君を意識して顔を赤くしていたら彼は私の手首を離し、近くに置いてあったぬいぐるみを掴むと私の目の前にぶら下げた。
「え？　…いいの？」
「…落ちた金、自分で拾えよ」
恐る恐る手を伸ばしぬいぐるみを受け取ると佐野君は私と距離をとり離れていく。
手には欲しかったぬいぐるみのキーホルダー。
床には受け取ってもらえなかった私の300円…
「…待って！　佐野君！」
私はさっと300円を拾うと、店から出て行く佐野君の後を急いで追った。
「ねえ！　佐野君てばっ！　もう帰るの？」

「…ああ、梨乃はもっと遊びたかった？」
後ろを少し振り向きながら佐野君は言った。
「や、えっと…」
それよりこのぬいぐるみのこと！　聞かなくちゃ…
「手、怪我《けが》してるから遊べるゲームが少ない。もういい」
「あ…そっか、ごめん」
満足に遊べないのは私のせいな気がして私は佐野君に謝った。
「…また謝ってるし…」
…確かに、本当私、謝ってばかり…
「…佐野君…このキーホルダーくれるの…？」
「いらない。俺そんな悪趣味じゃないし」
「うっ…」
悪趣味ってやっぱり思われてる？
た、確かに高校生が持つには可愛すぎるし、物好きってやっぱり引かれたかな…
「それ、好きなんだろ？」
「…！　だから、なんで好きってわかったの？」
「なんでって、物欲しそうに覗いてたじゃん。よだれ垂《た》らして」
「ちょ！　よだれ垂らしてなんか…！」
「そう？　俺には見えたけど」
「…‼」
佐野君はまた前を向いて歩きだした。
私はその後ろをそのままついて行く。貰《もら》ったぬいぐるみをぎゅっと胸に抱きしめながら。
佐野君に取ってもらったんだよね。これ。
それって実はとても貴重で凄いことなんじゃ…？
「…さ、佐野君…！」
私は勇気を出して佐野君に追いつき、初めて彼の横に並んだ。

佐野君は歩むスピードを変えずにちらりと私を見た。
「…これ、ありがとう…!!」
かぁッと熱いものが込み上げてくる。
そのせいで少し声が上ずった。
笑顔も意識してみたけど、引きつってしまったかもしれない。
彼にお礼を一つするだけでとてつもなくエネルギーを消費する。
佐野君は表情はそのままに、でも少しびっくりした瞳を覗かせた。けど、すぐに視線を私から逸らして前を向いてしまった。
「…別に」
「っ⁉」
予想とは違う無愛想な声で…。
佐野君はそれ以上何も言わずに駅へと歩く。
『どういたしまして』と似非《えせ》紳士スマイルが返ってくるような気がしていた。それか、『倍にしてつくせ』とか、俺様発言が出るとばかり思っていた…！
「…佐野君…どこか具合悪いの？」
思わず本音をぺろりともらした。
「具合？　悪いけど？　手痛いわ不自由だわ…」
「ご、ごめん」
やっぱりいつもの性格悪い俺様王子の佐野君だ！
私は歩むスピードを落とし、また彼の後ろをテクテクとついて行く。

駅に着いてもなんだか声をかけにくくて、少し気まずい。
「あっ！」
ホームに着くとちょうど電車のドアが閉まり発車してしまった。
「…次すぐ来るだろ。梨乃今日は荷物落とすなよ」
「落とさないから心配しないで」

話しかけられたのが嬉しくてつい笑顔で答えた。
「…前から思ってたけど、梨乃ってホント電車乗り遅れるよね」
「………え？」
何のことか一瞬わからなくて、佐野君をぽかんとした顔で見る。
「…一年の時、お前人助けして電車乗り遅れただろ？
おばあさんが人にぶつかってその荷物拾ったり、助けてあげている間に電車乗り遅れた」
「どうしてそれを…！」
一年の時、確かにそんなことがあった。
その日は雨でいつもより気持ち少し朝のラッシュが混んでいた。
私は目の前でこけたお婆ちゃんを見過ごすことができなくて、手を差し伸べている間に、電車は無情にも私を置いて走って行ってしまった。
その日はそのまま遅刻して先生に雑用を頼まれるきっかけになった日でもあった。
「ま、まさか見てたの？」
「まあね、その時俺もう電車の中にいたけど、梨乃目立っていたからね。目に付いた」
「そ、そう…」
あれ、いつだったかな…何カ月も前のことだと思うけど…
佐野君、その時から私の存在知ってたんだ…！
「目立ってたなんて…なんか恥ずかしい…」
「その後、雨に濡れながら走って校舎に入る梨乃を教室から見かけて、うけた」
「う、うけた?!」
人が必死で走っている姿をうけるって…ヒドイ！
「こないだも電車乗り遅れるし、基本どんくさいんだろうね」
ここぞとばかりににこりと嫌味スマイルを佐野君はくりだす。

「…どうせ私はどんくさいですよーだ！」
そう捨て台詞《ぜりふ》のように吐いて私は佐野君を追い抜いて空いているベンチに座った。
「どんくさいのは認めるんだ」
どかっと佐野君は私の横に腰をかける。
「…っ」
うわぁ…佐野君が横に座っている…！　…近い…！
どうしよう。またドキドキしてきた…
でもなんか、佐野君は普通…。
「今度から人助けもほどほどにね」
「…え？」
すると佐野君は私の方に身体の向きを変えて少し顔を近づけてぼそっと言った。
「お人よし、これからは俺を最優先につくせよ」
「っ‼」
にこりとまた最上の笑顔を私にくらわす佐野君に、思わず顔が赤くなっていくのがわかって…咄嗟《とっさ》に視線を逸らした。
「………っ」
上手《うま》く返す言葉が出てこない。
意識しているのはいつも私ばかり、佐野君にとっては何でもないことなんだろうな…
いままで女子としか登下校したことない私、もちろん彼氏なんて今の今までいたことがない。
佐野君はたぶんずっとモテているんだろうな…
男女関係なく友達多そうだし、きっと、なんか絶対慣れている！
「はあ…」
私は男子と登下校なんて今回が初めてなのに…
「…俺の横でため息やめてくれる？」

!!
「…ごめんっ！」
一瞬、佐野君のことを考えていたから思考を読まれたかと思った…。危ない危ない。油断しないようにしなくちゃ…
私は誤魔化《ごまか》すようにさっき貰ったぬいぐるみのキーホルダーを学校の鞄《かばん》に取り付ける作業を始めた。
「…学校のにつけるの？　そのデカいキーホルダー…」
その様子を佐野君は察知して、少し呆《あき》れたような声色で言う。
「…だってせっかく貰ったんだから使わないと…」
「子供っぽい…」
「う゛…」
確かに子供っぽいかな？
…でも皆けっこう鞄にいろいろつけたり持ってたりするからこれぐらい大丈夫だよね？　たぶん…
「…男子はドン引きみたいだけど、私はもう気にしないことにする！」
「あ、気にしてたんだ？　梨乃子供っぽいもんね」
「ええっ!?　私そんなに?!」
ビックリした顔で佐野君を見た。
「あ、自覚なかった？　よかったね。自分知れて」
「………っ!!」
た、確かにたまに親戚とかで集まると、いまだに梨乃は中学生だったっけ？　とか言われるけど…！
「…私、もう高校二年生です…！」
「…知ってますが？」
「…………」
なんか、悔しい…。
「…佐野くん、ホントイジワルっ」
「…そう？」

しれっとした返事に佐野君が何を思い考えているのか私には本当にわからない。
「いくら私の弱みを握っているからって、豹変《ひょうへん》しすぎ！」
「…なに？　梨乃は他の女子と同じように俺に扱われたい？」
「っそんなこと…！」
あれ？　ないって言えるのかな？
私は一体どうしたいんだろう…？
「…俺に優しくして欲しい？」
「…っ」
じっと見つめる佐野君のまっすぐな視線に私の思考は停止する。
私の憧れの人は梶原先輩…だったはず。
はっきり言って梶原先輩は後輩に慕《した》われ、佐野君とはまた違う温和で優しそうな雰囲気がとても魅力的で…
梶原先輩とは話したことないけど、ただ遠目で見ているだけで私は満足。
だから、こんな、本性極悪の佐野君にドキドキするのは…
私が男子に免疫がないから…！
きっと…それだけ…！

その時電車がホームに入ってくる音楽とアナウンスが流れた。
「佐野君、行こう！　乗り遅れないように…！」
私は佐野君の問いに答える代わりにベンチから立ち上がった。
「………」
そんな私のことをどう思ったのか、佐野君は無言でゆっくりと立ち上がる。
目は、怖くて合わせられない。
何でもないことのようにしてしまった。
佐野君どう思ったかな…

私は人の列に並びドアが開くのを待った。
すぐ後ろに佐野君が並んだ。
後ろの気配が気になってしかたない。
やっぱり怖くて、後ろを振り向けなかった。
『私にも優しくして』なんて佐野君に言うことなんてできない。
それじゃあ、まるで私も佐野君のファンだって思われる。
私の憧れはあくまでも“梶原先輩”…
プシューっと音がして電車のドアが開き、乗っていた乗客がわっと降りてきた。
!!
「梨乃、邪魔になってる」
私は佐野君にぐいっと腕を掴《つか》まれ横に移動させられた。
「あ、ごめっ」
うわあー…近い、佐野君が…！
振り向くと、これで二度目の佐野君の胸元アップ…！
心臓がぎゅっと痛くなるぐらいドキンとした。
私はまた佐野君から香る爽やかな匂いにくらりと眩暈《めまい》がした。
「早く乗って」
佐野君の囁《ささや》き声で我にかえると、私は慌《あわ》てて電車に乗り込んだ。
電車は混雑していて座ることができず、結局ドアの近くに立つ。
………近い。佐野君が…すっごく…近い…。
さっきからドキドキと鳴っている心臓の音が佐野君の耳まで届きそうな距離。向き合って立ってしまい、目の前には先程から見ている佐野君の胸元…
必死で視線を移すけど、他にどこを見たらいいのか…
目のやり場に困る。
「梨乃の髪の分け目が見える…」
「え゛っ!?」
ぱっと頭を片手で押さえて思わず声の主、佐野君を見上げた。

わっ！　本当に佐野君がすっごく近い。
１人顔を赤らめてる私ってきっと周りから見たら変だよね？
どうしよう。困った…
その時、急に電車が大きく揺れて身体が流れた。
「わっ！」
「痛てぇ…！」
ギャッ！　となった。
よろめいた私の身体を支えるように佐野君が怪我をしている右手で私の腰を支えてくれた。
「ごめんっ！」
「………」
佐野くんはじろりと私をみた。
そして顔を少しふって合図をする。
「そこ、つかまって自分で支えて」
「は、はい…」
ぎゅっと手すりに掴まると佐野君の手が離れた。
…うわぁあ…しまった。やっちゃった…
これ、絶対怒ってる?!
佐野君の怪我している手で守ってもらっちゃった…。
「本当にごめんね…？」
「…もう謝んないでいいよ」
人が周りにたくさんいるからか、佐野君の表情はいつもの王子様スマイル。言葉の語尾も優しい…。

…それとも、さっきの言葉を実行？
他の人にするように私にも優しくしてくれているのかな…？
…佐野君の本心が…わからない。
私はその後もずっと佐野君を直視することができなかった。

王子様の命令

次の日、私は佐野君が教室に来るとすぐに彼の側に近寄って行った。
「…佐野君、おはよう。昨日ごめんね？　手の怪我《けが》、どう？」
周りには数人のクラスメイト。
「おはよう一柳さん。手は変わらず…かな」
包帯で巻かれた手を上げて、にこりと爽《さわ》やか王子様スマイルで佐野君は答えてくれた。
「…ノート、今日の分また取るね」
「…ありがとう。助かる」
佐野君からノートを受け取ると私はすぐにその場から立ち去ろうとした。

「…そのぬいぐるみ、可愛いね」
「…え？」
佐野君は私の鞄《かばん》に付いているぬいぐるみキーホルダーを指さして言った。
「…これは…」
昨日ＵＦＯキャッチャーで佐野君自身が取ってくれたぬいぐるみ…。
「うん…ありがとう」
私がお礼を言うとにこりと満足そうに佐野君は微笑《ほほえ》んだ。
今度こそ私はぱっと前を向きその場から離れた。

…なに？　どういうこと？　恩《おん》着せてるってことかな？
俺がそれ取ってやったんだぞ、的な…？
ぐるぐると私の頭の中はまた混乱しはじめる。

その日の昼休み、佐野君にメールで呼び出しをされた。
場所は購買部がある食堂。
「梨乃ちゃん。パン買ってきて！」
「…え？」
人でもみくちゃになっている購買部の前はまさに戦争…。
私にあそこに入って買って来いと…？
「今朝パン買う暇《ひま》なくてね。悪いけどよろしく」
にこりと優しい王子様スマイルで佐野君は言った。
…絶対悪いと思ってないでしょ？
とは言えず、仕方なく渡されたお金を握って人が溢《あふ》れる購買部に私は入って行った。
身体がそんなに大きい方ではない私はよろよろになりながら目的を果たし、無事パンをゲットした。
疲れ果てながら佐野君が待つ場所へ戻ろうとしたその時だった。
「うきゃっ！」
「あ、ごめん！」
ドンっと背の高い男子生徒にぶつかり、私は尻餅をついてその場に倒れ込んでしまった。
「ごめん！　大丈夫？」
「…‼」
うそっ！
私に手を差し伸べてきて、今さっきぶつかった生徒はなんと、
“梶原先輩”その人だった。
ビックリして私は座ったままあわあわ…

足腰に思うように力が入らない。
「だ、大丈夫ですッ…」
キャー!!　本物の梶原先輩だっ！
憧れの梶原先輩と初めて喋《しゃべ》っちゃった!!
それも私、手を差し伸べられてる…!!
どうしよう。どうしよう？
躊躇《ちゅうちょ》しながら、そのまま座っているわけにも行かず、私はその差し出された梶原先輩の手を握ろうとした。

「梨乃、大丈夫？」
「え…？」
すっと身体が浮いた。
私の二の腕には見覚えのある、佐野君の左手。
「梶原先輩すみません。こいつが迷惑をかけて」
「ええっ!?」
佐野君によって私はすっかり立ち上がっていた。
「なっ…！」
あああ…!!　もう少しで私、憧れの梶原先輩の手！
握れるところだったのに…！
「あ、佐野の連れ？　ごめんぶつかって」
「いえ、梨乃が不注意だっただけなんで」
「!?」
私はまたもやあっ気に取られた顔でその様子を見守った。
口を挟《はさ》むすきがない…！
「佐野、早く部活復帰しろよ。それじゃ、本当にごめんね」
梶原先輩はそれだけを言って去って行った。
梶原先輩がいなくなると、ぱっと佐野君は私の腕を離した。
「ほら、行くよ」
佐野君は笑顔で言葉も優しい。が、私は感じた。

佐野君から放たれるぴりっとした空気を…

放課後、私は佐野君の指示で教室にいた。
その指示をした佐野君はなぜかいない…
クラスの生徒はすっかり帰ってしまい、佐野君から連絡あるまでいようと、一人ぼおっとグラウンドを眺《なが》めていた。
野球部とサッカー部、陸上部がそれぞれ見えた。

「…何を見てるの？」
静かな教室に響く佐野君の声を後ろで捉《とら》え、私は振り返った。
「…佐野君！」
ばたんと後ろ手にドアを閉めると佐野君は私がいる方に近寄ってくる。
私が座っていた席は優奈の席、もちろん本人はさっさと帰ってしまって、この教室には佐野君と二人きり…

「これ、着替えるの手伝って」
「…え？」
私は佐野君が言っている意味がよくわからなくて聞き返した。
「今日見学だけど部活に出るから」
「そ、そう…」
「練習着、部室から取ってきた。部室誰もいないし、手不自由で俺今日もう疲れた。梨乃手伝って」
「ええ゛っ⁉」
疲れてるから着替えるのを手伝え。ですって⁉
…手が不自由なのは私のせいだけれども…！
「梨乃、早く。着替え手伝ってくれたら帰っていいよ」
佐野君は着替えを持ってすっと私の目の前に立った。

「佐野君の着替えを私が手伝うの…？」
「うん。早く」
「早くって…そんな…」
目の前が緊張と戸惑いでぐるぐる回転しそうだ…！
「そ、んなことでき…」
「できないなんて…言わせないから」
「!!」
がっと佐野君に私の右手首は掴《つか》まれてしまった。
佐野君の顔にいつもの爽やか笑顔はない。
なぜか真剣で…少し怖い。
私が身体を強張《こわば》らせていると、佐野君はそのまま私の右手をそっとその佐野君の胸元に押し付けた。
「きゃあッ！」
「…きゃあって…人を変態みたいに…」
「だ、だ、だ、だって…!!」
触れた手には微《かす》かに佐野君の体温。
佐野君からはいつもの爽やかな匂い。
もうキャパオーバーで佐野君の顔をまともに見られない…！
「…別に介護と思えばいいだろ？　梨乃、意識しすぎ」
「介護…？　意識するなって言われても…！」
「梨乃、兄妹は？」
「…え？　えっと、弟が一人…」
「弟が風邪を引いたかなんかで着替え手伝ったことあるだろ？」
「そ、そんなことしたかな？　覚えてな…」
「その頃の感覚ですればできるよ」
不意に佐野君の声が優しくなった。
そろりと佐野君の顔を見上げるとにこりといつもの爽やか笑顔。
「利き腕使えないし、片手でボタン外すのもう疲れてやだ。

早く梨乃が外して」
「っ！」
驚いた…！
今までよりも少し甘えるような言い方の佐野君。
彼は一体いくつ顔を持って使い分けることができるの？
「ねえ、梨乃、早く。部活終わっちゃうだろ！」
どうしても私がシャツのボタンを外さないといけないらしい…
佐野くんは机に腰をかけ、にこりと微笑んだまま動かない。

「…わ、わかった…」
これは介護…！　佐野君が着替えるのを手伝うだけ…
変に意識しない。しない。しない…
と、自分に暗示をかけるように言い聞かせ、恐る恐る佐野君のシャツに手を伸ばす。
「…梨乃、手が超震《ふる》えてる…」
「い、言わないで！　…集中するから！」
手がぷるぷると震える。
そのせいでうまくボタンを外せない。
「もっと、近づいてすれば？」
「お、お構いなくっ！」
腕をピンと張って確かに作業しづらい。けど、
これ以上近づくのは何かとても危険なかんじがする…!!
「…早くしてね」
ふうと佐野君はため息をつくと、私とは反対にリラックスしてその様子を見ている。
わがまま俺様王子がいる！　今、目の前に…!!
なんでこんなことに…？
とか頭の中はとても忙しく働いているのに、手の方はいっこうに作業が早まらない。

そんな中ようやくボタンを外すことができた。
「はあ…」
大きなため息を私はついて見せた。
もう顔は熱いわ、全身汗びっしょりだわ、私が今すぐ着替えしたいぐらいだわ…！
「梨乃、ズボン…」
「ズボンは無理っ！」
反射的にわっと反論した。
「…ズボンはいい。自分でするって言おうかと…」
「あ…そう…デスカ…」
あ、焦った…もしかしてそこまでさせるのかと一瞬…
「梨乃のえっち」
「っ！」
なぜ私がえっち呼ばわり?!
「違いますっ！　っもう!!　後は自分でしてっ!!」
「え。脱がしてくれないの？」
「む、無理無理無理、無理———ッ！」
「…ああ、そう」
これ以上佐野君に近づくことは絶対無理っ…!!!
顔から本当に火が出そうなぐらい体温が上昇していた。
「わかった。後は自分でする」
「そ、そうしてください」
よかった…。と本気で胸を撫《な》で下ろした。
「そこにある練習着取って」
「？」
佐野くんは私の横に無造作に置いてある部活のジャージを指さして言った。
「これ？」
それを私は取って、佐野君に差し出した。

佐野君は怪我した右手を使わずに、器用にシャツを脱ぎにかかった。
「っ！」
なんだかそのまま見ているのが照れくさくなって、着替え中の佐野君に背を向けた。
「………」
後ろで着替えをする佐野君の気配…
いくら今教室に二人っきりだからって誰かが来たら変な誤解されそう…て、今さらか…
佐野君のボタンを外している時に誰か来たらどうするのよっ！
…次からはそんな無茶なお願いされたらちゃんと断ろう…!!

「…梨乃」
佐野君が急に私の名前を呼んだ。
「…着替え、済んだ？」
「…ああ、だいたい。振り向いていいよ」
「…？」
だいたい？
どういうことだろうと思いながら、振り向いていいと言われ、素直に私は振り向いた。
佐野くんは制服から練習着のジャージに上下着替え終えていた。
だいたいっていうか、着替え終えてる…？
「梨乃、こっち来て」
「へっ!?」
佐野君は横柄な態度で机にもたれ座ったまま私に来いと手でジェスチャー付きで呼んだ。
「…最後、手伝って」
「手伝うって…何を？」
じわっと疑いを持った目で佐野君を見返す。

「…これ」
「！」
佐野君はジャージの袖を持って、ひらひらして見せた。
「ファスナー…あげて」
「っ‼」
そこまで着替えできたなら、あとは自分でできるのでは？
と、思っても口にすることはできない。
なぜならば、それだけ有無を言わせないよオーラで佐野君は微笑を浮かべていたから。
「で、でき…」
「梨乃」
次はちゃんと断ろうと決意したばかり、佐野君から放たれるオーラに負けずに頑張って断ろうと私は試みた。
が、その意思は一瞬でいとも簡単に粉砕…！
「梨乃、早く…こっち来て？」
にこりと彼は笑いながらわざとらしく怪我をした右手を私に見せる。
「……‼」
ううう っ…！
「…梨乃」
「！」
すっと佐野君から笑顔が消えた。
もう待てない。てこと？
…早く、行かないと………いじめられるっ‼
「わ…かりました…」
私は観念してそろりと王子様に近寄って行った。
断ったら後でどんな仕打ちをされることか…
きっと今以上に無理難題を課せられるに違いないっ‼
私はすっと佐野君の前に立った。

「…ファスナー…あげたらいいのね？」
「そう…」
「わ、わかった…」
こんなことはさっさと終わらせてもう帰ろう！
早く佐野君から自由になるんだっ！
その一心で私は自分の手を動かしファスナーを持った。
「………」
重い。今度は沈黙が…とても重い…。
私の手はさっきボタンを外した時同様、緊張で手先が震えていた。そのせいで思うようにファスナーがうまくかみ合わない。
気がつくと身をかがめ、佐野君に近づいていた。

「…梶原先輩が好きなの？」
「………え？」
突然私のすぐ頭の上から思いもよらない質問が飛んできた。
思わず顔を上げたら触れそうなぐらい近くに佐野君の唇が…。
「!!」
ビックリしてファスナーから手を離してしまった。
そのまま離れようとした時ぐっと握られたのは私の右腕…
佐野君はいつもすぐ、簡単に私の腕を捕まえてしまう。
捕まってしまったらもう…彼の瞳からも逃げられないのに…

「…先輩がタイプ？　写真隠し撮《と》りするぐらい…」
近くではっきり聞こえる佐野君の声…
それに負けないぐらい、耳の奥に響く自分の鼓動…
利《き》き手じゃないのに佐野君の力強い手。
なんでこんなことになっているのか今さら考えても仕方ないけど、本当に数日前ならこんな状況、考えも及ばなかった。
「ねえ、梨乃。答えてよ」

ドキンドキンと心臓の音。もうこれで何回目だろう？
痛いぐらいに胸が苦しい…。

「…好き…とかじゃない」
「………」
必死で声を絞り出す。
自分の心臓の音がうるさくて、自分の声がどのくらいの大きさかわからない…
「梶原先輩はっ…」
「…先輩は？」
佐野君の甘く低い声が私の耳にこだまする。
「憧れの人…なだけ…」
「憧れ…？」
「うん…」
「…本当にそれだけ？」
「っ！」
どうしてそんな真剣な顔で、声で…そんなことを聞くの…？
「ほ、本当にっ…！」
熱い。制服の上からでもわかる。
佐野君の手の熱が伝わってくる…
「……俺のことは？」
ズガンっと心臓を打ち抜かれたような衝撃を私は受けた。
俺のこと？　え？　どういう意味？
佐野くんは一体何を言いたいの…?!
次の言葉が出て来なくて私はそのまま固まってしまった。
佐野君はしばらくじっと私を見つめた後、ふうっとため息をつくと私の手をそっと解放した。
「っ！」
私はすかさず佐野君から距離をめいっぱい取る。

「…憧れね…確かに梶原先輩は凄《すご》いけど…」
「………？」
梶原先輩？
佐野君は何の動揺も見せずに余裕の表情のまま話を続ける。
「梨乃が梶原先輩に憧れるなんて100年早い」
「ええ?!」
…なんで私が梶原先輩に憧れちゃダメなのよっ！
「もうやめてね。梶原先輩へのストーキングと盗撮」
「んなっ！」
ストーキングに盗撮ー⁉　私がっ⁉
「ストーキングなんてしてない！　盗撮だっ…」
…盗撮してないとは言い切れない…
だって現に梶原先輩の隠し撮り写真、佐野君に弱みとして握られている…
「…っみんな写真ぐらい撮ってるよ…っ！」
苦し紛れに私は居直ってみた。
「…そう、それ。困るんだよね。俺別に皆の王子でも芸能人でもないのに勝手にパシャパシャ…マジ迷惑」
「っ⁉」
…そうだった。
佐野君もすっごいファンによく写真攻めにあっているのを何度か遠目に見たことがあった。
イベントごとになると特に…女子はここぞとばかりに獲物に近寄り自らの目的を果たす。
「…佐野君…嫌がってなかったじゃない…」
群がる女子たちに、佐野君はいつも笑顔で対応して、写真も全員と撮っていた。
けど梶原先輩は写真が苦手だからと断っているのを見かけて…
仕方なく一年の時の私は隠れて梶原先輩をこっそり撮った…

「…撮ってもいいかと一言あれば一緒にも撮るよ。
無断で撮ることに困るって言ってるんだけど？」
「う…」
確かにしてはいけないこと…かな？
梶原先輩にとって迷惑とかそこまで考えていなかった…
「………」
私はそれ以上反論できずに押し黙った。
「…まあ、先輩にはこのこと黙っておいてやるよ」
「っ！　ホントに？」
「ただし、怪我《けが》治《なお》るまでちゃんと尽くしてくれたらね」
「うっ…」
じとっとした目で佐野君を見る。
キラキラとした目で勝ち誇ったような顔の佐野君。
なんかとっても悔しい…。

「…佐野君ホントイメージが違う…。
なんで私にはそんなからかったりイジワルなことするの？」
皆みたいに優しくしろとまでは言わないけど、優しかったり、
イジワルだったりのふり幅が大きくていちいち戸惑う。
「…なんでだと思う？」
まっすぐ私を見つめたまま佐野君は私に質問返しをしてきた。
「…なんでって…そんなの私が一番聞きたい」
「………」
佐野君はすっくと腰かけていた机から離れた。
こっちに来る？　と思い反射的に佐野君との距離を私は開けた。
「…何その反応…」
佐野君はむすっとした表情になった。
「何って…別に」
我ながらわずかながらの抵抗。

次に佐野君がどんな行動に出るか読めない。
それ故に私は警戒を解くことができなかった。

「…ねえ、梨乃。俺って梨乃にとってどういう存在？」
「………え……？」
「俺のことが…嫌？」
「！」
前、佐野君から同じ質問を私はされた。
『そんなに嫌…？』って…
「……嫌…とかじゃなくて…えっと…」
嫌じゃない。けど、
佐野君が私にとってどういう存在か…？
それは…、そんなの決まっている…

「…同じクラス委員…でクラスメイト」
そして暴君様は言わないでおこう…
「………あ、そう…」
私の答えに佐野君は眉間にしわを寄せ、少し険しい顔を作った。
?? 他に何があるって言うの？
…はっ！ まさか…
「…何？ まさかご主人様とか言わせたいわけ？」
どこまでも私を召使《めしつか》いとしてこき使いたいわけね？
一人疑心暗鬼《ぎしんあんき》に考え込んでいたら、
「………はぁ…」
と、佐野君は呆《あき》れたように大げさにため息をついた。
「…ねえ、そうなんでしょ？」
「…もういい。俺部活行くわ」
ふんっと鼻で笑うと佐野君は私に背を向けた。
自分の荷物を持って教室を出て行く。

「え？　結局答えはなんなの？」
はっきりとしない答えに胸がもやもやとする。
私は立ち去る佐野君の背に話しかける。
「だからもういいって。忘れて。じゃ、お疲れ～」
「ええっ?!」
そのまま、あっ気なく佐野君は教室からいなくなった。

結局、なんて言って欲しかったんだろう…？
佐野君のことも梶原先輩みたいに憧れている。とか…？
…だったら私にイジワルしなければいいのに……

「佐野君…訳がわからない…」
誰もいなくなった教室にいても仕方なく、私は自分の荷物を持つと急いで教室を出る。
廊下に出たときにはすでにもう佐野君の姿はなかった。

憂鬱《ゆううつ》な雨

翌日の朝、私は小雨が降る中急いで電車に乗った。
少し早い時刻に乗ったのに電車の中は人でいっぱいで、湿気を含んだ空気に朝から憂鬱になった。
私は車窓に打ち付ける雨をなんとなく見つめていた。

二年になってから数週間たった。
…ふとした瞬間考えてしまうのは…佐野君のこと。
佐野君の言動がますますわからない。
そして、自分のこのもやもやとした気持ちの正体も…
とても謎《なぞ》。
雲の上的存在で、この高校生活中一度も関わることがないだろうと思っていた。
その佐野君のことで私の頭はすっかり彼に占拠されている。
最初は嫌だった。
佐野君の本性に愕然《がくぜん》として、知りたくなかったし…
無理なお願い（命令）はされるし…
だけど今私は少なからず彼と関わることに違和感がなくなってきている。
…最近、居心地がいいとまで…
「………」
…いやいやいや。いけない。私…
彼はただ気まぐれに私をおもちゃとしてからかって遊んでいる

だけ！　怪我《けが》が治《なお》り、飽きられたらそれで終わり！
早く彼から解放されて普通の高校生活を取り戻したい…!!
早く手の怪我が治りますように…！
そんな風に考えが及んだ時、電車が駅に着いて停まった。
プシューっと音を立てて目の前のドアが開く。

「！」
神様、何の嫌がらせですか？
思わず私は目を真ん丸に見開いてしまった。
「…おはよう。一柳さん」
「っ佐野君…!?」
じめじめする湿気をものともせずに爽《さわ》やかな香りと風をまとって佐野君が私の目の前に現れ、電車に乗り込んできた。
「…お…」
うわ！　まさかの本人が急に眼の前に現れた…！
また私の心臓は性懲《しょうこ》りもなくドキドキと忙しく音を立てる。
これはきっと動悸…！　彼に今度は何を言われるのか怖くて…
決して彼に朝から会えて嬉《うれ》しいからではない。
と、なぜか自分で自分に言い訳をする。
は、早く挨拶《あいさつ》返さなくちゃ！　こう、ナチュラルに…！
私はにこりと笑顔を作り言葉を絞り出し挨拶しようとした。
「っお、おは…」
「一柳さん…？」
「!?」
次の瞬間、私は『おはよう』という言葉を呑《の》みこんでしまった。
別の学校の制服を着た女子高生が二人、佐野君の両脇にぴたり寄り添っている。
「誰？　駿矢の知り合い？」
しゅ、駿矢?!

「駿矢君と同じ学校の子？」
二人は電車に乗り込む早々、佐野君に質問を浴びせる。
「…まさか、駿矢の彼女とか？」
ストレートのさらさら髪が綺麗な子は駿矢と呼び捨てにしながら佐野君の腕をぐっと掴《つか》んで言った。
「え？　嘘《うそ》?!　駿矢君の彼女?!」
電車の中でもお構いなく声がでかいもう一人は佐野君を呼び捨てにはしないけど、メイクはとても派手でこんな雨の日でもばっちり巻き髪をキープしていた。
「ち、違いますっ！」
と、なぜか佐野君が答える前に私は二人に言っていた。
車内の他の乗客の視線が気になる…
「あ、やっぱり違うんだ？　なーんだあ～」
何？　この二人組？　佐野君とどういう関係？
…なんかとても居心地が悪い…。
私は佐野君を挟《はさ》んで盛り上がる、その人達からそれとなく距離をとり背を向けた。
この場から逃げたい。
電車は走り出しドアはもちろん閉まってしまったけど、できることなら今すぐ飛び降りてしまいたい…

「俺と梨乃は、ただのクラスメイトだから」
ズキンと背に矢が刺さったように感じた。
佐野君のいつもの爽やかボイス。
その声ではっきりと言われた『ただのクラスメイト』…
「………」
…早く電車よ目的地に着いて…!!
なぜかとても惨《みじ》めになった。三人の輪の中に入れない。
ああ…今日は朝から最悪…！

なんでこんな気分にならなくちゃいけないの?!
いっこうに止《や》まない女の子たちのお喋《しゃべ》り。時折相槌《あいづち》を打つようにそうだね。と返事をするだけの佐野君。
…やっぱり、私にする態度とは全然違う。
胸にもやもやとしたものがむくむく膨れていく。
そんな状態が10分ぐらい続いた。
…着いた！　電車降りなくちゃ…
「じゃあね。駿矢！」
女子二人が佐野君に挨拶するのに気を取られている間に、人ごみに紛れてさっと私はホームに降り立った。
今度は周りには同じ学校の制服が溢《あふ》れている。
皆が改札口へと向かう流れに私は便乗する。

「梨乃」
びくりと身体が跳《は》ねそうになった。
けど、そのまま私は振り向かなかった。
「梨乃」
佐野くんは再び私を呼んだ。私のすぐ後ろで。
先にホームに降り立ち急ぎ足で歩いていたのに、あっという間に佐野君は私に追いついていた。
「………」
かまわず私はスタスタと先を急ぐふりをした。
改札口を出て傘をさす。さっきより雨がひどくなっている。
学校につく頃には足元は全滅と言うぐらい濡れてしまいそう。
「梨一乃。無視？　聞こえているだろ」
「………」
もちろん聞こえていた。
私の全神経は後ろにいる佐野君に奪われている。
「梨乃…怒ってる？」

「怒ってないっ」
ずっと沈黙を貫いていたのに思わず言い返してしまった。
「ふーん…」
「………」
それ以上何も言わず、ただ私の後ろをぴったりとついてくる佐野君。傘に落ちる雨の音だけがいやに大きく響く。
今度はこのじめっとした湿度同様重い空気に私は耐えられなくなってしまった。

「…他校の生徒とも仲良いんだね。さすが佐野王子。
雨が降っていても朝から凄《すご》い爽やかでびっくりした」
雨音がする中、前を向いたままだったし、半分本人には聞こえないだろうと思って思わずそんなことを言った。
「…梨乃それって…やきもち？」
「違うっ！」
ばっと勢いよく私は振り向いた。
「！」
そこにはあったのは、佐野君の勝ち誇ったような顔…。
「気になる？　俺とあの二人が仲いいから」
「っ‼」
かあっとしたものが全身を凄い勢いで駆け巡る。
「違うってばっ！」
私はくるりと前を向くと、そのままだあっと雨降るなか逃げるように駆け出した。
怒ってるって何に？　とか、他に何かもっと言い返せばよかった！
なんてもう走り出した後で後悔しても仕方ないことだけど…！
後さき考える余裕なんてなかった。
なりふりなんてかまっていられなくて、水たまりをばしゃばしゃ踏み越えて必死に学校まで走った。
しばらく走っていたら息が切れ、足元はびっしょり濡れてしまって気持ち悪くなって私は走るのを止めた。
「苦しい…」
はあはあいう自分の息を聞きながら、私はそろりと後ろを振り向いた。
「………」
後ろには誰もいなかった。
「…あの人が走ってまで私を追いかけてくる訳ない。…よね…」
足元がとても冷たかった。そのまま傘を上げ、空を見上げる。
雨が次々と私の上に降り注ぐ。
私の頬をいくつもの雫《しずく》が筋を作って落ちていった。

「梨乃、帰ろう」
放課後、佐野くんは今朝のことは何でもなかったとでも言うように普通に話しかけてきた。
一方私は今朝のことを気にして、今日ずっと佐野君を避けていた。
メールでの呼び出しは何度かあった。
でも私は一度も返さなかった。
昼休みも優奈とご飯を食べて、佐野君のノートも一教科も取っていない。
「梨乃、佐野君となんかあった？」
佐野君と一言もしゃべらない私の様子に優奈はもちろん気がついていたけど、私は何でもないとだけ言って今朝のことは優奈に話さなかった。
人に話をするには、私自身心の整理がついていなくて…

「ねえ。本当にどうしたの？」
優奈が放課後見かねて、私に再度同じような質問をしたその時だった。
「梨乃、帰ろう」と、佐野君は私に話しかけてきたのだ。
優奈がいるのに関係がない様子の佐野君にただただ私はビックリする。

「…私、邪魔みたいだから先に帰るね」
「ま、待って優奈！」
「悪いね。松崎さん。梨乃もう少しレンタルするね」
「レンタル？」
と思わず佐野君に聞き返す。
「どうぞどうぞ！　無期限で貸し出します」
「ちょっ！　優奈っ!!」
優奈はほっとした顔をすると、にこにこ笑ってそのままさっさと私を置いて帰って行った。
「…先生が、委員長と二人で職員室来いって」
「…へ？」
優奈が去った後、佐野君はくすりと笑って言った。
「佐野君と委員長、先生に呼び出し？
大変だね～いつもご苦労様！　じゃ、バイバ～イ！」
クラスメイトがお気の毒といった顔で私達を通り過ぎ、教室を出て行く。
「…ヒドイ。それなら最初からそう言ってよ！
優奈に変な誤解されたじゃん！」
「終わったら遅くなるだろうし、帰り送って行くよ」
にこりと爽やか笑顔で佐野君は言ってのけた。
「…じゃあ早く仕事終わらせて帰る！」
「あははッオッケー」

佐野くんはにこりとさらに笑った。
「行こう」
教室から廊下に出て私は佐野君の後ろをテクテクと付いて行く。
「………」
佐野君が話しかけて来てくれた…！
それもなんかいつもより陽気でやさしい…？
今日一日の気まずかった空気が嘘《うそ》のようだった。
佐野君の背中を見つめながら私は内心ほっとしていた。
朝、佐野君から逃げ、そのまま気まずくてまったく喋らなかったことを私は後悔し始めていたから…
優奈には強がって何でもない風に装って話したけど、実際はどうしようか悩んでいた。

「…あ、お疲れ様です」
「？」
佐野君が誰かに挨拶をした。
最初佐野君の背が邪魔をして誰に挨拶したのかわからなかった。
「お疲れ～佐野！　今日は部活来る？」
「！」
この声は…梶原先輩っ‼
「すみません。今からクラス委員の仕事があって、その後ちょっと病院に寄る予定です」
「あ、そっか。早く怪我治せよ！」
「はい。ありがとうございます」
「それにしても…」
梶原先輩がチラリとこちらを見た。
「この前も一緒にいたし二人仲いいね」
「え゛っ？　そ、そんなこと…っ‼」
と、思わず声が出た。

佐野君がチラリとこちらを一瞬見た後、また梶原先輩に目をむける。
「俺達クラス委員で何かと雑用を先生に頼まれるだけです」
「あ、そうなんだ？
こないだは昼休みにも二人一緒だったからてっきり…」
「…実は梨乃を庇《かば》ってこの手を怪我したので、こいつが気にしてて率先して俺の世話を焼いてくれているんです」
「え？」
綺麗な笑顔で梶原先輩に説明する佐野君の顔を私は見上る。
「へえ！　そうだったんだ。じゃあ、梨乃ちゃん？
ちゃんとうちのエースの佐野の世話、よろしくね！」
「へ？　あ…、は、はいっ‼」
顔を赤らめて俯《うつむ》き返事をした。
急に梶原先輩によろしくと言われて私は動揺した。
「………」
そんな私に冷たく刺すような視線を感じてその元をたどると、その正体はやっぱり佐野君だった。

「それじゃ、またな」
「はい。失礼します」
梶原先輩は廊下をそのまま歩いて行った。
「………あの…」
また歩き出した佐野君の背に私は声をかける。
「…ということで、俺、帰っていい？」
「え？　あ、帰る？」
…さっき職員室に向かうとき、さっさと済ませて帰り送って行くって言ってくれたのに…
「…先生の用事、聞いておいて」
佐野君はにこりと笑って言った。

…ただし、目は笑っていない。
え…なんで？　なんで急に不機嫌に…？
数分前のは嘘？　と思えるぐらい急に佐野君の態度が一変した。
「…わかった。職員室には私一人で行くね？」
私は佐野君のご機嫌をとるように笑顔で言った。
「…ああ」
「じゃあね、佐野君お大事に！」
私は職員室に行くためにそのまま佐野君を追い抜こうとした。

「…梨乃ちゃん」
ビクッと私の身体がその声に反応した。
「…て、呼ばれて嬉しかった？」
「…え？」
「梶原先輩と話ができてご機嫌だね。
梨乃ちゃんって呼んでもらえたし…ね」
「っ⁉」
え？　佐野君、何を言って…
「いいよ誤魔化《ごまか》さなくて。梨乃は梶原先輩が好きなんだろ？」
‼?
「…だから…違う、梶原先輩は憧れで…」
「お前も結局他の連中と一緒だったんだね」
「え？　…他の…？」
佐野くんはふっと嘲《あざけ》り笑うように微笑した。
「…他の連中と一緒…ってどういう意味？」
佐野君のいきなり発言、意味がわからない…。
「いい加減認めたら？　…まあ、俺は関係ないけど」
「っ！」
なぜかズキンと胸に痛みが走った。
「………」

言葉をなくし、下を向き、足元を見る。
「…じゃ、委員長。後はよろしくね。お疲れ」
そのまま佐野君は今来た廊下を戻って昇降口へ向かう。
「待っ…」
待ってと言おうとして一瞬躊躇《ちゅうちょ》した。
頭と胸で発生した渦巻くものは、痛みと共に瞬《また》く間に全身へと巡って行く。
…佐野君に私はこれ以上何を言うつもり？
言ってどうなるの？　だけど…
「佐野君っ!!　ねえ待って!!」
気がつくと私は佐野君を追いかけ呼び止めていた。

この長い廊下は北向きで南にある部屋は資料室や会議室ばかり。
閉められた廊下の窓には降りつける雨。
天気のせいでいつもよりここは少し暗く人気はない。
今この時間ここにいるのは、私と佐野君だけだった。
…自分でも信じられない。
無我夢中だったとはいえ、私は佐野君の腕にしがみついていた。

「…梨乃、離して」
「………っ」
佐野君の腕にしがみ付いたまま何も言わない私の頭の上から佐野君の冷たい声が降ってきた。
首を横にぶんぶんと振る。それだけで精一杯。
考えがまとまらない。
さっき言われた言葉がじわじわと胸にしみて…痛みが強くなっていくようだった。

「…今日は…ごめん…なさい」

それだけを言ってそっと顔を上げる。
「…何が？」
冷たい声以上に冷たい視線が私に向けられていた。
思わずばっと腕を離して後ずさった。
「ごめん。触って…」
その視線を私は俺に触れるなと解釈した。
「…何がって聞いている」
なのに佐野君の言葉はまだ続く。
かみ合わない言葉のやりとりに、思考と気持ちが全然ついて行かない。
バクバクと鳴り響く心臓を内側に感じながら言葉を紡いだ。
「…今朝、雨の中で…走って逃げたこと…それから…」
「なんで逃げたの？」
「…え？」
矢継ぎ早に飛んでくる佐野君の言葉にびくつきながら答える。
なんで逃げたか？　それは…
「…佐野君がまた、私をからかっているのが悔しくて…」
他校の女子と仲良くしているのを見せつけられ、疎外感を感じたからとはなんとなく言いたくなかった。
羨《うらや》ましくて、惨《みじ》めになった。
だけど、だからってあの場を逃げた私はなんだか負け犬みたいで…かっこ悪かった。
そして極めつけが気まずいあまり今日一日ノートを取らないとか…私のしていることは最低だと思う。
なのに、何でもなく話しかけて来てくれた佐野君に気を良くするなんて私、何様？　ていうか…

「あの二人は…一個上の先輩。
中学の時のサッカー部のマネージャーだったんだ」

「…え？」
佐野君が今朝の他校の女子について話し始めた。
「…サッカー部のマネージャーで先輩？」
「…最寄駅とか一緒で朝たまに会う。
会うと今でも二人が話しかけて来てね…」
「そう…だったんだ…」
仲がよさそうに見えたのは同じ中学で部活の先輩だからだったんだ。それで駿矢って、呼んでたのかな…？
「…今朝のことは俺も悪かった。…ちょっと調子にのってた」
「！」
頭の中でぐるぐると思考していたら急に佐野君が謝って来て驚いた。
「…だから放課後俺から話しかけたんだけど…」
…やっぱりあれは佐野君の私への優しさだったんだ…
ズキズキと痛む胸が一瞬和らいだ。
「…けど、梨乃の梶原先輩への態度はムカつく」
「え…っ⁉」
また胸がズキンと痛む。
はっきりとムカつくと言われてしまった…。
私の梶原先輩への態度？
「…そんなにむかつくようなこと私したつもりない…！」
「じゃあ、無意識？　ふーん…」
「⁈」
無意識に私はなにをしたって言うの？
『すぐに梨乃は顔に出る』
と優奈に言われた言葉が頭を過《よぎ》った。
「もういい。今日のことはこれでチャラね。
悪いけど、俺もう早く帰らないといけないから」
「っ！　あ…はい」

佐野君は今日これから病院へ行くと言っていたことを思い出して私は素直に返事をした。
「………梨乃」
「え？　ッ⁉」
すると急に佐野君が私の方に来て壁に左手をついた。
そのまま佐野君は無言で私を見下ろす。
「っ………！」
無言が怖いっ‼　と思って、
鞄《かばん》を胸に持ってぎゅっと目を瞑《つむ》り身体を強張《こわば》らせる。
「…顔が真っ青だね」
「っ⁉」
すぐ顔の近くで佐野君の声がして私はそっと目を開ける。
佐野君は私の顔を覗《のぞ》くように見ていた。

「梨乃はやっぱり梶原先輩がいいんだ…」
「え？　な、え⁇」
すっと佐野君は私から身体を離すと、そのまま私に背を向けた。
「…怖がらせて悪かった。
じゃあね。…もう追いかけてくるなよ。梨乃ちゃん」
「っ！」
追いかけたくてもすっかり足がすくんでしまっていた。
佐野君の背が長い廊下から消えて見えなくなっても、もう私には佐野君を呼び止めることができなかった。

次の日、昨日の雨が嘘のように空は晴れ渡っていた。
「…おはよう。佐野君」
私は勇気を出して佐野君の元へノートを取りに行った。
また昨日の放課後みたいに何事もなかったように話しかけてく

れるかもしれない。…そう願った。
すると佐野君はいつものようにニコリと笑って言った。

「おはよう一柳さん。ノートもう取らなくていいから」
「………え？」
「…これ」
すっと佐野君は怪我《けが》していた右手を私に見せるように上げた。
「あ！　治《なお》ったの…？」
佐野君の手から包帯がなくなっていた。
「そう。昨日病院行ったらもう動かしてもいいって」
「そっかぁ！　よかった」
私はほっとして胸を撫《な》で下ろした。
「…梨乃って本当わかりやすい」
「え？」
何が？　と聞き返そうとして私は息を呑《の》んだ。
佐野君の口元は笑っているのに、また目だけが笑っていない。
「………佐野…君…？」
佐野君はすっと席を立つと少し私に近づき、私にだけ聞こえるように囁《ささや》くように言った。
「嫌々お世話、ご苦労様」
「っ!?　嫌々…え?!」
「もう、俺に関わらなくていいから」
そう言うと私の横を通り過ぎ、佐野君は教室から出て行った。
「え…？　どういうこと…」
朝のせいか、いつもより頭の回転が悪い。
佐野君の言動はいつもよくわからないけど…
もう、佐野君のお世話しなくていいってことだよね？
「…晴れて…自由…?!」
「梨乃ー！　おはよッ！」

優奈が教室に入って来て私を見つけると挨拶《あいさつ》をしてきた。
「あ、…おはよう。優奈」
私は無理に笑顔を作り優奈に挨拶を返した。
…嫌々ってなに…？
確かに最初はとっても嫌々っていうか、責任上仕方なくやってたし…佐野君は私にとって無理難題な注文の数々だったけど、でもだからって…

『俺に関わらなくていい』
という言葉が後からずしんと鈍《にぶ》い痛みから鋭い痛みへと変わっていくみたいだ。
胸が苦しくてもやもやする。
「…あんな言い方しなくても…」
「え？　なに？　私何か言った？」
隣でぺらぺら喋《しゃべ》っていた優奈が少し心配そうな顔で私を見た。
「あ、ちがっ！　優奈じゃないよ！
何でもないから気にしないで…！」
うわ…つい心の声を思わず言葉にしてしまっていた…！
「…またなんかあった？　あの人と…」
「っ！」
ぎくりとしながらも私は平静を何とか装う。
「…何でもないよ！　っほら！　もうチャイム鳴ってるよ」
程なくして先生も教室に入ってきた。
なんとか誤魔化し優奈を自分の席に座らせた。
「………」
そのまま授業がはじまり、私は黒板に書かれた文字をノートに取る。
今まで二人分書いていたせいで、私はなんだか物足りない感覚に襲われてしまった。

…これで勉強に集中できるしよかったんだ！
こんなにもやもやする必要ないっ！
だってこれで私はもう自由の身‼
…佐野君は他校生からもモテるし女友達も多いし、別に私の特別な…
「！」
そこに考えが及んだ時、ズキンっと胸がいっそう痛んだ。
…腹黒王子だったけど、でもたまに見せるキラキラ笑顔を間近で見ることはもう…できないんだ…
無性に寂しさが込み上げて来てやっぱり胸が痛んだ。

放課後、私は一人校内をテクテクと帰っていた。
今日一日、結局佐野君とは朝以降、一言も会話をすることもなかった。
もちろん、メールを何度も確認したけど、呼び出しが佐野君からかかることは一度もなかった。
こんなこと、今までなかったのに…
「………お払い箱ってかんじ？」
…少し、あんまりじゃない？
手が治ったからってあっけなさすぎる…！
と、ぶつぶつ言いながらふと、グラウンドの方を見る。

『着替え手伝って』
「………」
私の頭は無意識に自動再生を始め、佐野君の声を思い出す。
「あれは…恥ずかしかったなあ…」
『ご褒美《ほうび》やるよ』
次から次へと佐野君と過ごした日々が頭をめぐる。

私はグラウンドをじっと見つめて突っ立っていた。
ここからでは死角になっていてサッカー部の様子が見えない。
「……本当に部活出ているのか見てやる！」
独り言で自分に言い聞かせ、いつもなら南門から帰るのに、私はグラウンドが見える東門から帰ることにした。

「………」
グラウンドからは笛の音や、掛け声が聞こえている。
それが近づくにつれ大きくなり、私の心臓の音もドキンドキンと大げさに音を立て始めた。
「キャーッかっこいいっ！」
!!
次に聞こえてきたのが、女子の黄色い声だった。
何人かグラウンドに熱い視線を送っている。
私は立ち止まり、少し物陰に身を隠してグランドにいるサッカー部の人たちを目で追った。
「あ…」
ドキンと一際胸が大きく跳《は》ねた。
「いた…」
佐野君の姿を発見した。
ボールをドリブルしてゴールに向かって走って行く。
そのままゴールを決めて後ろを振り向き、チームメイトに笑って何かを話しかけた。
「っ…」
胸がぎゅっと苦しくなった。
遅れて女子の歓声が聞こえた。
ただ、練習でゴールを決めただけなのに凄《すご》い人気…
だけど…クラスの皆や私に見せる時とは違う顔。
…本当に楽しそうに、でも真剣な表情の佐野君。

「……っ」
私はもう胸のトキメキを否定することができなかった。

「駿矢！　復帰おめでとうっ！」
「！」
私は女の子の声がした方へ視線をやった。
「あ…」
私からは凄く離れているけど、その声が昨日の朝、電車で会った他校の女子二人だとわかった。
「………」
佐野君と同じ中学で部活の先輩…
その声はどうやら佐野君にも聞こえたらしく、軽く手を上げ答えていた。
他校の生徒は他にもちらほらと入って来ていた。
「すごい。熱烈…」
『俺とあの二人が仲いいから…』
「………」
佐野君の言葉を思い出す。
…胸がもやもやする…
部活の先輩とわかっていても仲が良い姿を目にすると嫌だった。

…もう自分を誤魔化すのは限界だった。
この感覚、これは…
私の心に芽生えた感情その正体は…
「………」
私はくるりと向きを変えグラウンドに背を向けると来た道を急ぎ足で戻る。グラウンドを横目にそのまま東門から出ることがもうできなかった。

好き。
…私…佐野君のことが…
………好きなんだ……

その気持ちが胸をぎゅっとしめつけ苦しめた。
「どうしよう…」
佐野君は私とは違う世界のヒト。
手の届かない…王子様……
だけど、もう止められないぐらい気持ちは膨らんでいた。

「………っ」
駆け足をするように私はグラウンドを背に走り出した。
結局私はそのまま逃げるようにその場を離れていった。

まさかの展開

「今日はレクリエーションの内容を決めます…」
今私はいつもなら先生が立って授業の説明をする教壇に佐野君と二人で立っていた。
今度クラスの親睦《しんぼく》を深めるという名目で行われるレクリエーションで何をするかを決めるために。
「体育館とグラウンドどちらでも…何かありますか？」
「………」
クラスの皆の視線は感じられる。
だけど、みんな遠慮しているのか他の人の出方を見ているのか誰からも意見が出ない。

この前先生に放課後呼び出されたのはこのレクリエーションについてだった。
どういう進行で話をしてクラスの意見をまとめるのか、大体の段取りでいいから佐野君と二人で話し合っておいてというものだったけれど、私は佐野君とその段取りについてほとんど打ち合わせすることもなく、今に至る。
「………」
沈黙が重い。
チラリと佐野君を見るけど、クラスのメンバー同様黙っている。
はぁ…
私は音を出さずにため息をひっそりとこぼす。

…どうしよう…
もう自分の席に引っ込みたい…。
「…一柳さんその資料見せて」
すると佐野君が私の手に持っていたものを指さして言った。
「あ、はい…」
素直にそれを佐野君に渡す。
それは先日先生に渡されていたレクリエーションをするための数枚の資料だった。
佐野君はそれをざっと見てクラスの人に説明を続けた。

「…道具を使って何かスポーツするなら貸し出し許可を早めにしないと他のクラスに先を越されるので、できれば今日何をするのか決めたいです」
佐野君は資料から目を上げてにこりと爽《さわ》やかな笑顔でクラスの人の方を見て言った。
「…何かしたいことありませんか？」
「！」
私は佐野君にはＨＲでレクリエーションのことを決めるとしか事前に話をしていなかった。
だから佐野君は詳しい内容をまだ知らなかった。
だから驚いた。
数枚の用紙だけど佐野君あの一瞬で全部に目を通したの…？

「…ちなみに俺は体育館で男女混合でバレーとかしたいかな？」
さらに佐野君は自分の意見を皆に言った。
「あ、バレーいいかも」
するとクラスの男子がその意見に乗った。
「じゃあ、バレーを一つの候補に。他に何かしたいことある？」

佐野君は皆に質問しながら黒板に大きくバレーボールと書いた。
「スポーツじゃないとだめなの？」
「校外に行くのは？」
すると次々に質問が上がって行く。
「…どうなの？　一柳さん」
佐野君が私に質問を振ってきた。
「あ、えっと…もちろんスポーツ以外でもいいです。
けど、校外は今回出られないです。
その代わり校内であれば事前申告すればどこでも…」
「だって。他に質問、意見ありますか」
「はいっ！」
すると佐野君とけっこう頻繁に一緒にいる男子が手を上げた。
「じゃあ校舎内使って鬼ごっこ！」
無邪気な大きな声がクラスに響くとそれによってどっと笑いが起きた。
「高校生にもなって鬼ごっこってガキ！」
「ええっ！　ぜってえ楽しいって‼」
さらに笑いが起きた。
「…さすがに他のクラスは授業のところもあるから校舎使っての鬼ごっこは許可できないぞー。てか廊下走っちゃだめだ」
今まで黙って様子を見ていた担任の先生がたまらず口を挟《はさ》んだ。
「あ、そっか」
女子たちもくすくすと笑っている。

その後も皆が意見を言い出し、ワイワイと話が進んで行った。
「…一柳さん皆の意見書き出しお願いしていい？」
「あ、はいっ！」
私は慌《あわ》ててチョークを握ると佐野君が書いた文字の横に新たに出た意見を書き出していった。

私は内心驚きまくっていた。
…さっきまで沈黙がずしんとのしかかるように重かったのに…
佐野君の機転で助けられてしまった…
あっという間にＨＲの時間が終わり、チャイムが鳴った。
「…ということで多数決の結果、第一希望のバレーボールに決まりました。こちらですぐ申請を出しておきます」
「お疲れー。次皆移動教室だろ？　皆終わっていいぞー」
担任の先生の声で皆が席を立ちがやがやと教室を出て行く。
私は黒板を消して急いで片付けをしていた。

「梨乃ー待ってようか？」
優奈が気を使って話しかけてきた。
「あ、片付けあるから先に行っててていいよ！」
「…貸して」
「あ…」
すると佐野君が奪うように黒板消しをとると、佐野君が最初に書いた上の方の文字を消していく。
「もう片付け終わったから一柳さん行っていいよ」
「え…でも…提出する書類とか…」
「…後で書いてオレが職員室に出しておくから」
佐野くんは爽やか笑顔を浮かべて言った。
「梨乃ーまだー？」
優奈が急《せ》かすように私を呼んだ。
「………ありがとう…佐野君」
私はどうしようか迷ったけど、佐野君の有無を言わさない爽やか笑顔にそれ以上逆らえなかった。
「行こう梨乃」
「うん…」
佐野君を一人残して私は優奈と教室を出て行った。

「早く梨乃、少し急ごう」
休み時間はもう５分を切っている。
次の授業は選択科目の生物室。教室はそんなに遠くない。

「……あ、ごめん優奈！　私忘れ物…先に行ってて！」
「ええ?!　もう梨乃のドジ！」
もう一度ごめんと言って私は今来た廊下を引き返し、自分の教室に戻って行った。
本当は忘れ物なんてなかった。
……佐野君にちゃんとお礼が言いたい…！　その一心だった。

「佐野君っ！」
ちょうどガラッと教室から佐野君が出てきたところだった。
「…梨乃？　どうした？　忘れ物？」
走って戻ってくる私を見て佐野くんは少し驚いた表情を作った。
「ごめ…あのっ…ちが…う…」
久しぶりに佐野君とまともに喋《しゃべ》る…
だけど緊張と走ってきたことで少し息が上がってうまく喋れない。
「…急がないと授業始まる」
すっと佐野君は私の脇をすり抜けて行こうとした。

「佐野君待って！」
「！」
私は瞬間佐野君の行く手を塞《ふさ》ぐように立った。
「…梨乃、まじでどうした…」
「さっきはありがとう」
佐野君の言葉を遮《さえぎ》るように私は大きな声でお礼を言った。
「…え？」

「ごめん。私、佐野君にレクリエーションの説明ちゃんとしていなかったのに、助けてくれて…ありがとう…ございました」
私は深々と頭を下げた。
「…それだけ…？」
「え…？」
佐野君の声に反応して私は下げていた頭を上げた。
そこにはいつもの佐野君の呆《あき》れたような顔。
ふう…とため息もおまけにくれた。
…え？　お礼を言ったのになぜため息？
「梨乃のバカ」
「いたっ！」
ぺしっといつものように佐野君は私のおでこを軽く叩いた。
「なっ！　何するの…！」
おでこを両手で押さえつつ背の高い佐野君を見上げた。
なんでバカって言われながら叩かれたの？　私！
「そんなこと後でもできるだろ？
早く行くぞ。次の授業に遅れる。　梨乃のせいで！」
と言い終わる前に走り出す佐野君を私は無意識に追いかけた。
「ま、待ってよ！」
かまわずそのまま走って行く佐野君からはいつもの爽やかな匂いがした。

放課後、教室に残って私と佐野君はレクリエーションで職員室に提出する書類を仕上げていた。
「梨乃、早く書けってそんなの」
「わかってる！　…今書くから」
結局あの後授業にギリギリ間に合ったものの、提出するレクリエーションの書類は今の今までゆっくり書く時間がなかった。

「早く提出しないと…他のクラスに先を越されたら梨乃のせいだ」
「！　…まだ間に合うもん!!」
佐野君は文句を言うだけで手伝ってくれない。
でも佐野君、文句言いながら一緒に放課後付き合ってくれている…この数日気まずくて何も話をしなかったのが嘘《うそ》のよう…

「…てか、佐野君。…部活行かなくていいの？」
「行くよ。梨乃が書き終わったら」
「………」
…もしかして私の仕事ぶりに信用がない…とか?!
…終わるまでいるから早く書けってこと…!!?
書類から視線をちろりと佐野君に移す。
「…梨乃、早く」
「っ！」
ぱっと視線を手元に戻した。

…佐野君が……近い。
机一つ挟んで佐野君は肘《ひじ》をつき、私を見ていた。
その距離はもう20センチもない…
嫌でも意識してしまう。
…佐野君を好きって自覚してから初めての放課後、教室で二人っきり…
佐野君からはいつもの微《かす》かに匂う爽やかな香りだけで私の顔は赤くなるっていうのに…佐野君の顔が…
すっごく近い…！
「あ、あのっ！　あとは私が責任もって済ませるから…
佐野君はもう部活行ってもいいよ…？」
書類に視線を落としたまま佐野君を見ずに私は言った。

「…もうそれ終わるだろ？　待っているよ」
「………！」
なぜか佐野君から発せられる優しい声と言葉にドキドキしてやっぱり顔を上げられない…私は無理やり書類に集中した。

「…終わった！」
最後の記入箇所を埋めると私はがたりとその勢いで席を立った。
「待って梨乃」
「っわ！」
書類を持っていない右手を佐野君にぐいっと引っ張られた。
「な、な、なに…？」
動揺して舌がもつれた。
「…これ、返す」
佐野君はポケットから何かを取り出すと私に差し出した。
「！」

それは佐野君が持っていた私が隠し撮《と》りした梶原先輩の写真だった。
「…え？　いいの…？」
私は目を丸くして佐野君に聞き返した。
ていうか、握られた右手、離してくれないのかな？
ドキドキしすぎて佐野君に聞こえたらどうしよう…！

「なに？　いらないとか？」
佐野君はにやりと笑った。
…すっかり忘れてた。梶原先輩の写真の存在…！
佐野君とどうしたら普通に前みたいに喋れるかとかばっかり考えていた。
「………」

元々この写真がもとで弱みを握られ、佐野君にこき使われてから喋れるようになったんだよね…

「梨乃？　…なんか言えよ」

私が何も言わずそのまま固まっているのに痺《しび》れを切らしたせっかち王子様は少しご立腹《りっぷく》…

「えっと、私もう、その写真いい。…です。佐野君にあげる」

「はあ…？」

爽やか佐野君の眉間にしわがくっきり浮かんだ。

「俺がずっとキラキラにデコッた梶原先輩の写真持ってたら変だろ？　部活のメンバーにもしもバレたら困るんだけど？」

「ははっ…」

「ははっじゃない…！」

「…ごめん。えっと、だからその…手、離して…？」

顔を赤らめつつ、苦笑いという複雑な顔を作って私は言った。

「…梨乃、まじでこれいらないの？」

「…う、うん」

「………ふーん」

佐野君の沈黙とふーんは怖い。

たぶんこの後、どうして？　とか、もう飽きたのか？　とか、ひどいことをきっと言われる…！

「…っ⁉」

すると佐野君が私の手首ではなくそのまま私の手の平にその手を滑らしてきた。

「なっ…！」

一気に私の体温が上昇する。

ただでさえ顔を赤らめていた私は耳まで真っ赤にして頭からは湯気が出そう…‼

「さ、佐野…君…？」

あわあわと焦りつつ、佐野君のなすがままに私は固まった。

というよりどうしたらいいかわからず、パニック状態だった。
「ふ…梨乃、全身真っ赤」
「だ、だ、だって…！」
佐野君は座ったままで私の手をぐいぐいと引っ張る。
「や、佐野君！　…引っ張らないで」
私はもう片方の手で机に手をつき、前のめりになった。
一気にさっき以上に佐野君の顔と私の顔との距離が近づいた。
私は必死に体勢を整えようとしているのに佐野くんは涼しい顔。
そして佐野君は私の手の甲に軽くその唇を押し当てた。
「ひゃあっ!!」

えええええ゛っ!!!???
目がぐるぐる回りそうになった。
さ、佐野君が私の手をぎゅって！　ぐいって!!
私の手の甲にちゅって………!!!
信じられないことが立て続けに起こり、私の頭と心臓はオーバーヒート！　今すぐ停止しそうなくらいパニックになった。
「んなっ！　なにを…佐野君っ…!?」
「…やっぱ梨乃の顔、面白い」
「ええっ………!?」
通訳が欲しい…。
この人は何を言って、何を考えているのか。どうか！　誰か！
お願い説明してえっっっ!!!!

「…私は、面白くないっ…」
目をぎゅっと閉じて佐野君の手から離れようと試みた。
「…ああ、梨乃はこれいや…？」
佐野君はさらに手の甲にちゅっとキスをした。
「えっ！　ひゃあぁあっ!?」

さっきより変な声が出た。
それになんて質問をあなたはするのですかっ⁉
言葉が出てこない…‼
さっきからガクガクと力が入らず震《ふる》えていた足がとうとう最後の力も失い、私は吸い込まれ崩れるように床に腰を下ろした。
「え？　梨乃？」
机の向こうに消えて行く私に引きずられるように、今度は佐野君が椅子から立ち上がる。
なのに佐野君は私の手を離してはくれなかった。

「梨乃、大丈夫？」
「…大丈夫…じゃないよぉ〜…」
床や机の足や椅子の足、佐野君の足を見つめながら我ながら情けない声で佐野君に答えた。
そのままハァッと大きく私は息を吐いた。
「…梨乃、立って」
「………無理」
「………」
今度ははあっと佐野君のため息が聞こえた。
「じゃあ、俺がそっち行こうか？」
「え…？　わっ！」
手を繋《つな》いだまま佐野君が私のいる方に来てしゃがんだ。
「なっ！　なんでこっちへ来るのッ…？」
あわあわとしながら佐野君に言った。
「…梨乃が立てないから？」
ケロッとした表情で佐野君は言ってのける。
「…わかった。立つ！　立つからお願い手を…」
「なに？　俺と手を繋ぐの嫌なわけ？」
「きゃあーっ‼　だ、だからなんでっ…！」

なんでそんなことをしれっと見つめて言えちゃうのッ!!
「み、見ないで！」
私はばっと顔を佐野君から背けた。
「…きゃあ？　見ないでって…梨乃の顔？」
「そ、そう…」
「…や。梨乃の反応が楽しくて」
「た、楽しいですって…？」
うるっと涙目で私は佐野君を再度じろっと睨《にら》んだ。
「…なに目まで真っ赤にしてんの。梨乃…
そんなに俺のこと嫌なわけ？　なんか傷つくな…」
「ええっ!?」
さらに私の心と頭は訳がわからなくなった。
「だ、だって佐野君、私のこと面白い顔って…」
確かに今自分の顔は滑稽なことになっているのは間違いない。
顔も目も真っ赤にして、おまけに泣き顔我慢してブサイクだろうし、髪の毛もぼさぼさに乱れているし…
なんだか好きな人を前にしてする顔じゃない……。

「…ああ、梨乃の顔、…ていうか反応？　面白い」
「うっ…」
好きな人に面白いって言われる私…どうなの？
「…面白いから…からかってイジワルするの…？」
ぽとっ涙がたまらず右頬を滑り落ちた。
「…なに、まじで泣いてるの…」
「だ、だって…」
佐野君は少し笑っていたけど、困ったような、苦しいような複雑な顔をした。
「っ！」
そんな顔の佐野君に私の胸はぎゅっと切なく苦しくなる。

「…ごめん。梨乃を泣かすつもりはなかった」
佐野君はそっと私の手を離した。
「……ううん。ごめん私こそ、びっくりして…」
自由になった手で私は自分の顔を覆《おお》う。
はあ、と佐野君のため息がまた聞こえた。
途端に今度は後悔の念が押し寄せてきた。
別に泣くつもりはなかった。佐野君を困らせるつもりも…
ただ、本当に急なことに驚いた…
…私、佐野君に手を握られたことが嬉《うれ》し過ぎて…そして、
面白いと笑われたことがショックで…
でも、たぶんホント泣くほどじゃない。
…相手が好きな佐野君じゃなかったらこの涙は出てない…

「梨乃…大丈夫？」
佐野君は優しい声で私の顔を窺《うかが》うように聞いてきた。
私は手で涙を拭《ぬぐ》い声に出さず、少し笑って頷《うなず》いた。
「はあ…梨乃を泣かせてしまってマジ焦った」
佐野君は大げさに頭を垂《た》れて頭を掻《か》いた。
「………」
なんだか佐野君のいつもと違う様子に不謹慎にも私はきゅんとなり可愛いと思った。
「…佐野君でも焦ることあるんだね」
ふふっと思わず笑みをこぼした。
「……なんだ、もう本当に大丈夫みたいだね」
佐野君はじろりと私を見て言った。
「うん…もう大丈夫…」
私は無器用にへらっと笑ってみせた。
「…ふーん。じゃあもう一度触れてもいい？」

「………え゛っ⁉」
私のへら顔はぴたりと止まった。
「梨乃を抱きしめたい」
「だ…きしめる？　わ、あえ？　私を…？」
「そう」
「ええっ⁉　な、なんでっ‼」
ぼんっと頭が驚きのあまり爆発しそうになった。
佐野君の右手がすっと私の頬に伸ばされる。
「きゃッ！　ちょっと！　ま、まって佐野君っ！」
意味がわからない‼
私が一人その場でバタバタと暴れていると、佐野君の手が私の耳と髪に微かに触れた。
逃げたいのに足と腰、おまけに手が震えて力が入らない。
「っ！」
反射的に私はびくりと反応し、身体を強張《こわば》らせる。
「…俺に触れられるの嫌…？」
さっきと似た質問を佐野君は繰り返した。
触れられた私の耳は心臓になったんじゃないかというぐらい熱く、脈を打つ。
「…い、やじゃ…ない」
佐野君に触れられるのは嫌じゃない。
それだけを言うのに私はとてつもなくエネルギーを消費する。
「…よかった。このままじゃ俺変質者かと…」
‼
佐野君が…変質者?!
あの爽《さわ》やか王子様が…⁉

「………ぷっ！」
思わず私は噴き出して笑ってしまった。

「あ、梨乃笑ってるし」
「だ、だって…佐野君が変質者って誰も想像できないっ！」
佐野君に似つかわしくない言葉にこんな時なのに私は笑いが込み上げてきた。
一方佐野君は、なぜか爽やかな優しい目をしている。

…やっぱり今日の佐野君はどこか変。
そしてなんだか…くすぐったい。

「まあ、いいや、梨乃笑ってるから」
そう言うと佐野くんは私の耳と髪に触れていた右手をそのまま私の後頭部に回し、ぐいッと佐野君の方に引っ張った。
「っ!!」

…わかった。
違う。佐野くんは変質者なんかじゃない。
…ただの女の子慣れした…遊び人…?!

佐野君の匂いが私を包むと同時に、佐野君は左手で私の背を抱き寄せ、私は佐野君にすっかり包まれていた。
「さ、佐野君っ……………!!」

ドキンドキンと大きく鳴る心臓の音を佐野君に聞かれそうな距離。
以前にもあった。屋上で…
今思えばあの時すでにもう私は佐野君のことを…

「…梨乃、柔らかい。…それに超熱い…」
「そ、そんな感想いらないっ…!!」

そもそもなんでこうなったの?!
いつも気がつけば佐野君のペースで訳がわからないことになっている。私が鈍感過ぎるのかな？
そんなことないと思うけど…
爽やか王子様のふりして女ったらしの佐野君。彼のなせる業？
私なんでこんな人、好きになっちゃったんだろ…!!

「…梨乃、顔見せてよ」
「っ!?」
突如、ぐいっと佐野君は両手で私の頭を挟《はさ》むと私の顔をじっと見た。
「あ…うあ…う」
「クっ！　あうあう？」
思わず変な声が出た私を佐野君は至近距離で笑う。
「うう゛…やっぱり、からかっているのね…！」
目を逸《そ》らすこともできない至近距離で、おまけに顔を固定されてしまい、私は抗議するように言うしかなかった。
「佐野君…私が面白い顔するようにって…
私がどう反応するかって…楽しんでるでしょ…！」
また涙腺が熱くなる。
「…ああ、ばれた？　楽しいよ梨乃の反応…」
「ひ、ひどい…っ！」
「ははっ梨乃、目がうるうるしてる」
「っ!!　だって…！」
また私が泣きそうなのに今度は佐野君余裕な表情！
おまけに笑ってるッ!!
「泣いている梨乃も可愛いね」
「ッッッ!!!」

…やっぱりこの人は遊び人のＳ王子!!
ドＳ王子に違いないっ……!!
そう思い涙がこぼれ落ちた時だった。
わずか数センチの距離。
目と鼻の先で佐野君はふっと目を細め笑うと、私のこぼれた涙を指でそっと拭ってくれた。

「…面白いねの間違い…？」
気がつくと私はそんな言葉をこぼしていた。
「ふ…梨乃、いいね、その反応。だから飽きないんだよね」
「??」
可愛いはやっぱり私の聞き間違い…？
ぱちくりと瞬《まばた》きをしたら涙がまたぼたぼたっと今度は頬を伝い床へと落ちていった。
「…だけど、もう泣くのなしね。梨乃」
「わあっ!!」
佐野くんは再び私の背に両手を回すとぎゅっと抱きしめてきた。
「さ、佐野君！　佐野く…」
「………」
無言で佐野君はさらにぎゅっと力を優しく込め、私を抱きしめる。
泣くなと言われたのと、あまりの驚きで本当に涙は止まっていた。

なんで？　佐野君。
なんで私の手を握ったの？　なんで私に触れたかったの？
ねえ…どうして？
なぜ今、佐野君は私を…抱きしめるの??
「っ………」

佐野君の身体は温かい。
緊張で胸はバクバクで今すぐ離れたいのに、でも…
もう少しこのままでいたいと思えてきた。

「佐野君っ…」
あの雨の日以降、佐野君とは気まずくなって一切話をしなかった。
まさかこんな展開が待っているなんて…!!

「佐野君ッ！　あの…」

……言葉が続かない。

聞きたいことがたくさんあるのに…どれも聞けない。
佐野君がその手を離しそうで…
勇気がなくて私はその疑問たちをお腹《なか》の奥深くに飲み込んだ。

…代わりに、私はそっと佐野君の背中に、触れた。

知りたくない

私は朝から緊張していた。
今日はこのクラスで初めての課外授業レクリエーションの日。
クラス委員長の私は、この日のために地味に準備を進めてきた。

「梨乃ーこれ使っていいんだよね？」
優奈がバレーボールを持って倉庫から大きな声で私を呼んだ。
「うん。貸出許可取れているから使っていいよ」
レクリエーションはクラスの第一希望が通って、バレーが無事できるようになった。
「梨乃よくバレー取れたね！
聞いたよ！　なんか他のクラス写生大会とか地味らしーって」
レクリエーションは学年ごとに時間を分けられている。
それでも私たちの学校はクラスが多く、体育館やグラウンドは人気で早い者勝ち。
もれたクラスは他の学年の邪魔にならないように、屋上や教室で大人しくしていなければならない…
「早めに書類を提出したから…」
と、優奈に説明をしていた私は、あの日の佐野君とのやりとりを思い出して言葉を詰まらせた。
「？　どうしたの。梨乃、顔赤いけど風邪？」
「えっ?!　あ、違うよ！　…大丈夫っ」
慌《あわ》てて誤魔化《ごまか》したら優奈は逆に怪しむような視線を私に向けた。

「…梨乃～最近また佐野っちと仲いいみたいだね？」
「…え？　あ、このレクリエーションの準備してたから…」
心臓をきゅっと掴《つか》まれたみたいになった。
「あーまた隠す！　佐野っちとなんかあったでしょ？
教えてよもう！　つれないなあ梨乃は！」
優奈は頬っぺたをぷっくり膨らませ私を睨《にら》んで言った。
…優奈はいつから佐野っちと呼ぶようになったのかな…
「…何もないよ本当にっ」
残念ながら…、私は優奈にそう答えるしかできなかった。
だってあの後、佐野君は満足したのかすっくと立ち上がると、
さっさと部活に行ってしまった。
私を一人教室に残して…
そしてそれから数日経《た》つけど私と佐野君の関係は特に…
何も変わっていなかった…。
…わかったことは一つ。
佐野王子の本当の正体、それは
女ったらしでもあるってこと…！

レクリエーションの時間はあっという間に過ぎていった。
「梨乃！　お疲れ～盛り上がってよかったね」
「うん。…疲れたけどね」
男女混合ミニバレー大会は思いのほか盛り上がった。
クラスのメンバーは幾分仲良くなったようで私は胸を密《ひそ》かにな
でおろして喜んだ。
「片づけも終わったし、教室戻ってお昼にしようよ」
「あ、ごめん先に戻っていーよ。
私は最後に道具のチェックしないといけないから」
使ったものがちゃんと戻されているかチェックするのが委員長

として最後の仕事だった。
「まあ委員長ったら真面目っ！　手伝おうか？」
「ありがとう、でも大丈夫！　一人でできるから。
優奈今日あの激戦購買部行かなくちゃなんでしょ？
早くしないとパンなくなっちゃうよ」
「うーん。じゃあ先に行って買ってくる！
梨乃には今日の活躍を祝ってなんかデザート奢《おご》るね」
「え？　本当？　やったー!!　優奈ありがとっ！」
「んじゃ、また後でね」
優奈は手を振ってそのまま駆けていった。
体育館にクラスの人はもう誰もいなくなっていた。

「…そういえば、佐野君もいない…」
あの人、仕事しないでどこ行ったんだろ…？
…別に私一人でもできるけどね…
ちょっと不服に思いながら、私は体育館奥にある倉庫に向かった。
ドアを開け、中に入ると道具が全て元の場所にしまってあるかチェックをする。
「あっ！　ネットが床にぐちゃぐちゃに置いてある…
ボールもバレーとバスケ混ざってる…」
ふうっとため息をつきながら私はまずネットを正しい場所にしまってボールかごのボールの整理を始めた。

「…けっこう時間かかっちゃったな…」
一度片付け始めると凝りだしてしまい、他の備品もつい整理整頓してしまった。
あらかた片付き、倉庫を出ようと入口の方に向かった、そのとき。

「…私前から先輩のファンで…ずっと見てました」
「っ⁉」
倉庫を出ようとした時、外から人の話し声がして私は誰かが体育館にいると気がついた。
それも何やらその内容が…

「好きです！　…よかったら付き合ってもらえませんか？」
「‼」
うわッ‼　こ、告白だっ‼
思わず自分の気配を消して倉庫のドア、物陰に隠れた。
うわーっ！　うわーッ‼
人が告白するところ初めて見た‼
こっちがドキドキする！　てか、出るに出れない……。
そのまま立ち聞きも悪いと思い、仕方なく倉庫の奥に引っ込もうとした時だった。

「…ごめん。君とは俺、付き合えない」
「!!!」
ドギッっとなった。
…この聞き覚えのある声……佐野君…⁉
倉庫の奥に行こうとした足が止まる。
その声を聞いた瞬間、その場に根が張ったように動けなくなってしまった。
「………」
短いような長いような沈黙が続いた。
「…そうですか…じゃあ、あの…
せめて友達になってもらえませんか？」
「っ！」

積極的な人…！
先輩って言ってたから一年生だよね…凄《すご》い勇気…！
告白、ましてや佐野君に！　なんて…私には到底無理…！
私にはそんな勇気も自信もない……。
「…友達？」
佐野君の優しい声がする。
…きっと、爽《さわ》やかジェントルマン（女ったらし）の佐野君は、
優しいから友達になって連絡先とかも交換するんだろうな…
この後の展開を勝手に想像、妄想して私はズキンと胸を痛めた。

「友達…にもなれない。ごめんね」
!!?
思わずばっと身を乗り出して、その様子を見たくなった。
うそ…信じられない！
てっきり仲良くなるのかと…!!
爽やか佐野君の周りには、いつも男女関係なく人が集まる。
皆に分け隔てなく優しい佐野君は、皆のアイドルで…
そんな、自分を好きだと言う下級生を拒否するようなこと言う
人だなんて…なんか佐野王子らしくないっ…！
「なんでか教えてもらってもいいですか？」
「……っ!!」
す、凄いっ！　そんなこと聞くの?!
私ならもう逃げ帰っている…!!

「…好きな人がいるから」
「!!!」
す…えっ!!　好きな人…っ!?
だ、だれ？　佐野君の好きな人って…!?
佐野君に彼女はいないと優奈から聞いている。

ていうことは、…あの、佐野君が…
片思い中ってこと…⁉
「…その人以外、仲良くなるつもりないから。
…だからごめんね」
「……その人、どういう人ですか？」
‼
……うそ…！　佐野君の好きな人を…さらに聞いた⁈
「……誰だかは…言えない…」
「…そうですよね…すみません。変なこと聞いて…
でも、先輩が好きになるような人だからきっと…
とても素敵な人なんでしょうね…」
「………」

…私は、はらはらとしながら…
自分の気配を消して外の様子をじっと窺《うかが》った。
「…素敵かはわからないけど、一生懸命で、尊敬できる。
立派だなって…俺にはマネできない。…一番可愛いと思える人」
‼
尊敬できる人…⁉
…あの、佐野君がべた褒《ほ》めだ…そんな凄い人なんだ……。
どんな人なんだろう…？
…立派…たぶん、凄く魅力的で…大人っぽい…
子供っぽいと言われる私とはきっと…正反対の人…⁈

「…わかりました…。でも私、これからも佐野先輩を応援してます！　…だから、あの…サッカー頑張ってくださいね！」
「…ああ、ありがとう」
「っ‼」

ズキンとまた胸が痛んだ…。
ううっ…！　いい子だっ！
様子を見ることはできないけど、可愛らしい声だしきっと本当に佐野君のことが好きなんだろうな…
「…それでは失礼します…」
パタパタと走り去る音が遠のいて行った。

…まだドキドキしていた。
そして自分が佐野君にフラれたみたいに胸がぎゅっと痛んだ。
「…もういいかな…」
一呼吸おいて、私はゆっくり倉庫から顔を出した。
「っ!!!」
息が止まるかと思った。
誰もいないと思っていた体育館に、ひとり佐野君が立っている。
おまけに、ばっちりこっちを向いて…

「……こ…んにちは…」
「こんにちは。じゃねーよ。
さっきまでレクリエーションの裏方、一緒にしてただろ」
「……は、はい…」
腕を組み、少し低い声…
さっきの優しい声の爽やか王子様はどこへ？
「…片付け手伝いに来た」
「…え？」
佐野君ははあ…と大きくため息をつくとこっちに近づいて来た。
「先に先生に捕まって、雑用押しつけられてた。
梨乃まだ戻ってないって聞いたから、片付け手伝いに…」
「あ…そうなんだ。私てっきり…」
告白でここに呼び出されたのかと思った。

「…梨乃、さっきの聞いてたんだろ？」
ギクッとなった。
「っまあ、いるのわかってたけどね…」
「…ごめんなさい。立ち聞きするつもりじゃなかったんだけど」
「…別にいいよ。あっちが勝手にここまで付いてきて勝手に告ってきたんだし…」
「………」
こういう時、なんて言ったらいいのかな…。
気のきいた言葉が出てこない。
好きな人は誰？　とか、一番気になるのに絶対そんなこと言えない。聞いたら私、どうなるかわかったもんじゃない…！

「…えっと、来てくれてありがとう！
でももう終わったから！　早く戻ってご飯食べなくちゃ！」
体育館の入り口に向かおうと、無理やり笑って佐野君の横を通り過ぎようとした。
「梨乃」
「‼」
ビクッと私の身体が反応した。

…佐野君の手が私を捕えていた。
「な、なに…？」
遅れて…佐野君のいつもの爽やかな香りが鼻に届く。
「さっきの聞いてたんだろ？　梨乃…気にならない？」
「…えっ？」
「…俺の好きな人。が…誰か」
「…っ！」
私の手を握る佐野君の力が強まった。

佐野君の好きな人…？　…もちろんとっても気になる！
…でも…
「……ねえ梨乃。…教えてあげようか？」
「‼」
バクンバクンと心臓の音が鼓膜《こまく》を揺らす。
目の前がまたくらくらして足もがくがくしてきた。
緊張で背中を変な汗が流れる。

「……りたくない…」
「……え？　何て言った？　梨…」

「っ私！　知りたくないっ！
佐野君の好きな人なんてッ……！」
「！」

…思わず声を張り上げていた…。
気になる。けど、それと同時に知りたくなかった。
…まだ聞きたくない…。佐野君の好きな人…
佐野君が尊敬できるような人なんだから、可愛くて…性格もいい子に違いない。
たとえば優奈みたいな…男子皆が憧れるような…
その人の名前を聞いてしまったら、私きっと立ち直れないっ‼
だから…まだ、聞きたくないっ‼
「なんで…？」
佐野君は引く気配がなかった。
「なんで…？　と聞かれても…」

…例えば女子同士なら、その人と結ばれるようにお互い情報をやりとりしたり相談や協力をしあう。

友達ならそれでいい。
でも、好きな人に私じゃない好きな人の相談とか…
もしされたら…そんなの今の私には耐えられない…!!

「…私が聞いたって…どうしようもない…から」
とても佐野君の目を見て言えなかった。
…なんで佐野君こんなことを私に急に言うのかな…
また何か、からかって楽しんでいる…？
俺は凄くモテるんだよとか言いたいのかな…
そんなこと言わなくてもわかっているのに…！

「…それ、俺のことどうでもいいってこと？」
「…え!?」
顔を上げ佐野君を見ると冷たい瞳が私を捕えた。
よく通る静かで低い声が私の耳の奥、鼓膜に伝わる。
佐野君の顔にいつもの笑顔は…ない。

「どうでもいい…って…私が？」
佐野君のことを…!?
「そういえば梨乃、俺に最初から興味なかったね。
梨乃が興味あるのは梶原先輩…」
「違うっ！」
なんでここにきて梶原先輩の名前が?!
なぜかまた心臓がばくばくと鳴り響く。
「…写真取り返さなかったのももう本人と面識できたし、会いたかったら直接本人のところへ行くとか？」
?!
「佐野君…いったい何を言って…」
「…よかったね。俺のおかげで仲良くなれて」

「だから違うってばっ！」
さっきより大きな声で私は否定の言葉を投げかける。

佐野君は繋《つな》いでいた私の手を離すと低い声で言った。
「梶原先輩とのこと応援してやるよ。…手伝いはしないけどね」
「まって…だから私は梶原先輩のことは何とも思ってない…」

警告するかのようにズキンズキンと胸の鼓動が早鐘を打つ。
佐野君の好きな人を聞く心の準備はできてない。
だから聞きたくないって言っただけなのに、なんでそれがそのまま佐野君のこと興味がないってことになるの？
なんでここで梶原先輩が好きだって佐野君決めつけるの？
こんなに私違うって言っているのに…!!

「ねえ！　佐野君…お願い私の話を…」
「もういい。飽きた」
「なっ…」
「…行けよ。早く…ここから出て行け」
「っ！」
「…出て行かないなら俺が出て行く。じゃあな」
佐野君は私から目を逸《そ》らすとそのまま体育館の出口へと向かっていく。

「待って!!　佐野君っ!!」
私は咄嗟《とっさ》に佐野君の後を追い、彼の手を取ろうとした。
「っ！」
私が無我夢中にその手を捕まえようとしたことは佐野君には簡単に読まれていて、私はあっけなく避けられて空振りをした。

そして少し振り向き横目で冷たく刺すような目を向けると、
一言はっきり言った。

「…安心して。もう、お前には絡まないから」

佐野君を掴《つか》もうとした右手の感覚が…ない。
あまりのショックに私はその場から動けなくなった。

……心が黒雲に覆《おお》われる。
絶望で身体が冷たくなっていくのを感じた…。

優奈の助言

「…梨乃、目が泳いでるよ」
「え………？」

休み時間、優奈は私の席に来て次の授業の英訳を解いていた。
というより、私の英訳をそのままノートに写していた。
「そ、そんなことないよ！」
だから油断していた。
私が誰にもバレないように彼を目で追っていたことを…
「…佐野君が教室を出て行く時と帰って来た時、両方じっと見てたでしょ？」
優奈あなた目がいくつあるの？
ノートを取っていたのになんでわかったんだろう？
優奈、恐るべし！
「た、たまたま…だよ！」
「ふーん。まだ隠すんだ〜つれないなあ…」
「………」
何の言い訳もできない。
「ちょっと寂しいな…」
「！」
優奈はノートを書き写す手を止め私を見ると、少し悲しそうな顔をして言った。

あのレクリエーションの日から数日が経《た》っていた。
最近佐野君とは会話どころか…目すら合わない…。
もちろんメールなんて一通もなくて…。
同じ教室なだけに気まずい。
……そして………寂しい…。
私の好きの気持ちは日に日に増していくというのに、佐野君との距離は近づいたり、急に遠のいたり…
もう自分一人ではどうしたらいいかわからなかった。

「…別に隠しているわけじゃないよ」
そう。優奈にはただ言うタイミングを逃しているだけ。
それだけだった。
「……わかった…。昼休みに教える…ね」
少しドキドキしながら私は言った。
すると優奈の顔がとてもにこやかになって私を見た。
「…よし！　昼休みね。絶対だよ！」
「うん…約束する…相談もしたいし…」
「オッケー任せて！　わっ超一お昼休みが楽しみ！
ノートありがとう！　私席に戻るね」
「あ、うん。英訳間違えてたらごめんね？　…また後で」
優奈の背中を見送る。
そのままもっと後ろの席の佐野君の方をチラリと覗《のぞ》いてみた。
クラスの男子と楽しくお喋《しゃべ》りをしているのが見えただけだった。
「授業はじめます。まず今日の英文を…」
「………」
チャイムが鳴り、私は授業に集中するように努めた。

昼休み、私はお弁当箱を片手に優奈の席へ行った。

「で？　とうとう白状する気になった?!」
机を挟《はさ》んで優奈と向かい合わせに座ると、優奈は自分のサンドイッチを横にずらし、その丸くて大きな目をキラキラさせて身を乗り出す勢いで私に早速質問。
私は教室の中をぐるりと見渡す。
教室に人は少なく、佐野君の姿もない。

「………認めますよ…」
ぼそっと小さく声を抑えて私は白状した。
「よし！　そうかそうか～！　ああスッキリした!!」
優奈はにこっと笑うと満足げな顔を作り、椅子の背もたれに身を預けリラックスした。
「……秘密…内緒だからね？」
「あったりまえ！　大丈夫信用して！　誰にも言わないから！」
さらに優奈は笑う。
「で、今どんな感じなの？　相談って？」
納得したのか、優奈はサンドイッチを手に取ると包みを外しながら質問を続けた。
私はもう一度周りを確認。
教室に残ってお昼を食べている人たちは、自分たちのお喋りに夢中でこちらに気を留めている様子はなかった。
小声なら聞こえないかな…
私はお弁当箱を開けたものの、お箸《はし》を持ち上げることすら億劫《おっくう》で、先に相談してからと意を決し優奈の顔をじっと見つめて言った。
「……相談っていうのは彼のことがわからなくて…でも、ここでは大きな声であの人の話、できないから…」
「…あ、そうだねぇ～。

彼の場合どこにライバルが潜んでいるかわからないもんね」
「……ライバルって…」
大げさと優奈に言おうとして止《や》めた。
あの日、下級生に告白されていた佐野君を思い出して…。
「でも一番梨乃がチャンスあるんじゃない？
なんだかんだで仲がいいし、接点も多いし!!」
「チャンス…？　って？
そのチャンスを使ってどうすればいいの？」
「え？　好きなんでしょ？　もっと仲良くなりたいんじゃないの？　まあ彼氏にするにはハードルとてつもなく高そうだけど、やってみないとわからない」

「か、彼氏…？」
彼氏…という言葉があまりにもなじみがなくて、ぽかんとした顔で優奈に聞き返した。
「……彼氏？　…あの人が？　私の…?!
…想像、全然できないっ…!!」
「え？　なんで?!　普通好きならそう思うでしょ?!」
優奈はサンドイッチを頬張りながら不思議そうな顔で私を見る。
「うん。…まあ、私だっていつか彼氏できたらいいなとか思ったことはあるよ…だけど、あの人がだなんて…！
ム、ムリムリ!!」
想像しただけで私死ねる…!!
「えええっ!?　せっかく好きになったんでしょ？
梶原先輩の時みたいに、またただ見ているだけで終わり？
そんなのもったいないっ!!　もっと君は青春するべきだ!!」
「青春だなんて大げさな…でもなんか佐野君、他にずっと好きな人がいるみたいだし…そもそも私なんて…対象外だよ」
佐野君はモテる。

そしていつも周りには可愛い子や綺麗な子、歳も上も下も関係なくファンや友達が多い。その中でお付き合い断っているんだから、佐野君の好きな人はきっとすっごく綺麗な人に違いない。
「……私なんてみんなの輪の中に入れば霞んじゃうし」
「てか佐野王子、好きな人がいるのッ⁉」
「‼　しっ！　優奈声大きいっ！」
私は慌《あわ》てて優奈に言った。
「あ、ごめーん。だってびっくりしたんだもん」
「もう…気をつけて？　もし本人に喋ったのがバレたらどんなイジワルされることか…。……もうずっと、片思いなんだって」
「ずっと片思い？　あの学校一モテ男の佐野君がっ⁉」
「うん。…だから私なんて最初からないの！
私なんかと佐野君は釣り合わない……」

…なんて、自分で言って悲しくなってきた。
佐野君の好きな人がどんな人か気にならないわけじゃない。
でもやっぱりまだ相手が誰なのか知る勇気は…ない。

「……釣り合わないとか、合うとかって関係、ある？」
「……え？」
「てか、まだ信じられなーい。でもそれが本当なら彼女、いないんでしょ？　まだチャンスあるじゃん」
「えっ⁉　他に好きな人がいるってはっきり言われたのに？」
「はっきり言われたの？　本当に他に好きな人がいるって？
…梨乃、佐野君からそれ直接聞いたんだよね？
その時の会話の流れとか状況がわかんないから何とも言えないけど…」
優奈の念を押すような質問に頭が混乱し始める。

「えっと…佐野君が下級生に告白されているところを私が立ち聞きしちゃって…それが佐野君にバレて流れで教えてくれたの。ずっと好きな人が他にいるって…」
混乱した頭のまま優奈にありのままあったことを答えた。
「ふーん…」
優奈はなおも考える仕草を続ける。
「てか、相談ってそのこと？」
優奈は質問をした後、ぱくっとサンドイッチを口に含んだ。
私はやっぱり食欲がわかず、そのまま話を続けた。

「うん。その日以来、目も合わず、口も聞いてもらってない。なんか嫌われちゃったかなーって…どうしたらいいと思う？」
「え?!　なんで??」
優奈は目をぱちくりして驚きの表情を浮かべた。
「…その好きな人がいることを教えてもらった時、私なんか佐野君の機嫌損ねちゃうようなこと言っちゃったみたいで…」

『もう絡まないから』
と言われた時を思い出し、胸がずしんと重くなっていく…。

「…好きだけど、嫌われちゃった…」
「………」
無理やり私が笑顔を作って言ったものだから、優奈がそれに気がついて押し黙ってしまった。
「……まだ…諦《あきら》めるには早いと思うけど…」
優奈が少し考えるそぶりを見せて、
「…まあ、本人に聞くのが一番なんだけど、それで玉砕《ぎょくさい》はもったいないから作戦を練る！　私に任せて!!」
急に強気発言をくりだした。

「えっ!!」
こんな状態なのに?!
キャーッ！　そ、想像していた通りだ！
やっぱり優奈ったら全面協力の姿勢!!
「い、いいよ…協力なんて…
付き合いたいとかどうこうしたいわけじゃないから…」
「なんで!?」
優奈はぎろりと私を睨《ね》めつける。
「…な、なんでって言われても…」
優奈の迫力凄《すご》い…小さな身体のどこに、そんなパワーがあるの？
私絶対彼女には勝てっこない…

「……私、自信ない…」
彼の周りには可愛い子がたくさんいて、その中から私だけに特別にするなんてこと、…ありえない。
だって、そんな魅力、私にはないもの…
「佐野君は皆のもの。それに…私を選ぶはずがない」
と、自分で口にするだけ空《むな》しくなっていく…

レクリエーションの打ち合わせの時、佐野君は優しかった。
手を握り、抱きしめてきて、そして…
けど、私じゃなくても誰にでもするんじゃないかな…
そう考えるとずんっと胸が重くなった。
モテて女の子慣れしている佐野王子。
一方私は恋愛経験ゼロ…
ああ…なんで私は、あんな世界が違う人を好きになっちゃったんだろ…
やっぱり私があの人をどうこうするなんて…無理!!

すると、優奈は前のめりに睨《にら》むのをやめ、姿勢を正すと私を諭《さと》すように言った。
「じゃ、梨乃君。少し見る角度を変えてみよう。想像してみて」
「……想像？」
「そう。んー例えば！
その彼がずっと片思いしている人が何かしら困難を乗り越えないといけないような恋の相手として、彼の努力の結果見事思いが成就《じょうじゅ》！　晴れてその人とお付き合い始めたとしたら？」
「っ！」
佐野君が好きになるような人…
その人すら知りたくない私には、そんなの拷問に近い問いだ。
「…嫌…です」
「そうでしょ？　じゃあ次！　例えば、そのずっと好きな人との恋がどうしても成就することができなかったとする…」
「うん…」
「で、傷付き、もう諦めて他にいい人を探そうとか、彼が傷心しているのをこれ幸いとつけ入る人がいて、その人と付き合うようになったらどうする?!」
「！」
可能性はむしろそっちの方が多いのかな？
誰もが皆、虎視眈々《こしたんたん》と狙っているのかもしれない…

「…皆すごいなあ…」
「こら！　なんでそこで他人事《ひとごと》になるのよ！」
「ええっ!?」
「皆条件は一緒でしょ？　つまり最初にも言ったけど、梨乃にも同じチャンスがあるってことになるのよ!?」
「えっ…私に虎視眈々と狙えってこと…!?」

「その通り！　だって嫌なんでしょ？　他の子に取られるの！」
「………」
前に優奈が佐野君のこといいって言った時、まだ好きって自覚してなかったのに…私の胸にはもやっとしたものが発生した。
あれはきっと…やきもち…。
…好きと認めたくない、ましてや彼女でもないのに、勝手に抱いた独占欲…。

「うん…いや…」
優奈はそれを聞いてにこっと笑った。
「どうしたらいい？　て、私に聞くってことは、どうにかしたいんだよ。梨乃は！
取られたくないならその前に梨乃も努力しなくちゃね。
……それともあの人に何もしないで好きになってもらえるぐらい自分は魅力的だって自信、ある？」
「ええっ！　私そんな自分に自信なんてないよ！
あっちからなんて…絶対無理に決まってる！」
「皆同じ！　自信ないと思うよ？　だから…努力するんだよ」

優奈はまた穏やかな顔でにこりと笑うと紙パックのジュースを飲んで喉《のど》を潤《うるお》した。
「これで梨乃が何をするべきか大体わかったね？」
「……意味は…凄くわかった…」

…今まで私、少し勘違いしていた。
告白やアプローチする子たちって自分に自信があるんだって…
あの告白していた下級生や他の子たちも皆本気で、そして努力と行動を起こした結果だったんだ…

……でも、私にそんな行動…起こせる?!

みんな等しく同じなんだ。
だけど今、私は結果的に無視されているわけで…
このまま気まずいままなのは嫌で、そうしているうちに他の人と佐野君が付き合いだしたら…。
その先を想像してぶるっとなった。

まずは前みたいに話せるように…
努力することが大事なんじゃ⁉
好きになってもらう努力…は、それからすればいいんだ…‼

「わかった…。私は私なりに努力…してみるね」
「…うん！　梨乃頑張って！　…応援しているね！」
優奈はとても優しい顔で笑って私を見ていた。

努力の仕方

数日後。優奈に『私なりに努力してみる』と言ったものの、あれから佐野君とは二人っきりになることがなくて、何もできないまま日々が過ぎていた。

それというのも、佐野君達サッカー部は一か月後に行われる大会に向けてもうすでに過酷な練習を始めているらしかったから。
いつもの笑顔を振りまきつつ、でも明らかに疲労困憊《ひろうこんぱい》している佐野君を見かけると非常にとても…話しかけにくい…。
そんな風に物思いにふけっていると、チャイムが鳴り担任が教室に入って来た。

「ＨＲ《ホームルーム》始めるぞ～」
担任の覇気のない声が少しざわつく教室に響いた。
何やら黒板にでかでかと文字を書いていく。

「えー少し先だが、来月遠足がある。
クラス委員二人仕切ってくれ」
「えっ⁉　あ、はい…！」
急に司会進行を先生に言い渡されて慌《あわ》てて返事をした。
「場所は毎年恒例になっているＳキャンプ場！
近くに小川があるところだ。日帰りだがバーベキューをする！」
黒板には『遠足』と書かれ、横にＳキャンプ場とあった。

そこでできる内容が箇条書きで書かれていた。
バーベキュー・散歩＆探検・自由行動…？

「当日制服だと汚れたり動きにくいから、学校指定体操服の上下ジャージに着替えていくぞー」
「ええっ！　Ｓキャンプ場ってけっこう山奥じゃない?!
それに遠いし…」
「お昼は？　皆バーベキューなんですか？」
皆が一斉に質問をして教室はざわついた。
「グループをいくつか作ってくれ。あと探検はただ皆で散歩してもつまんないから佐野と一柳、皆の意見を募ってまとめてくれ。よろしく」
後は任せたと教壇から降りて先生は窓際の隅に移動した。

「…えっと、とりあえず現地で何をしたいかを決めます」
矢継ぎ早に質問と意見が飛び交ううちにあっという間に時間は流れ、ＨＲの終わりを告げるチャイムが鳴る。
話し合いは時間内に全部まとまらなかった。
結局次のＨＲで班決めや他の細かいことの確認をすることになった。

「二人ともお疲れ〜次も頼むな」
ＨＲが終わった休み時間、私と佐野君が二人で黒板の文字を消していると担任が、飄々《ひょうひょう》とした顔で労《ねぎら》いの言葉をかけてきた。

「…先生、前もって説明してくださいよ」
佐野君が笑顔を作りつつ先生に意見を伝えた。
「悪い悪い。先に言うのすっかり忘れてた」
忘れてたってそんな…

「細かい諸注意はさっき渡したプリントにまとめてあるから、それを見て次のＨＲもよろしくな」
ニカッと笑って担任は教室を出て行った。
佐野君は黙々と黒板の文字を消していく。

「………」
久しぶりに佐野君が…近い…かも…。
…なんか話しかけた方がいいかな？
意識すると余計に話しかけにくくなった。
「……今回は梨乃も事情知らされてなかったんだね」
「あ、うん。そう…」
「………」
あ…佐野君から話しかけてきてくれた…！
でも…言葉が続かない…。
同じクラスだから挨拶《あいさつ》ぐらいはするけど、まともにしばらく話してなかったから緊張する。
だけど…久しぶりに二人の時間を共有することができて、徐々に嬉《うれ》しさが込み上げてきた。

「次、班決めどうする？　適当にくじ引きでもする？」
…また佐野君の方から普通に話しかけてくれた。
「うん…そうだね。自由行動の時間もあるし、今日決まった宝探しゲームとバーベキューはくじ引きとか…」
「まあ皆が反対しなければね」
バーベキューセットの貸し出しとお肉代、宝探しの景品（お菓子）代の集金も私たちがすることになった。
しかも景品は私たちが準備…

「佐野君、部活大変でしょ？　準備なるべく私がするからね」

少し勇気を出して佐野君に気を使い、私から笑顔で提案した。
「…よく部活大変ってわかったね」
「…だって、見てたらわかるし…」
それに放課後グラウンドを見れば、佐野君ファンの応援が日に日に増しているのは一目瞭然だった。
「ふーん…わかるんだ」
佐野君はなにやら含みを込めた言い方をした。
「あの…佐野君！　サッカー…頑張ってね」
「…わかった。ありがとう」
「！」
佐野君は黒板の文字を全て消し終え、粉を少し叩くとにこりと私に優しく微笑《ほほえ》んでお礼を言った。
何日かぶりの王子様スマイル…。
もうその笑顔だけでとろけてしまいそうだった。

数日後、さっそくＨＲで遠足の班を決めた。
あみだくじで男女混合の６組を作る。
期待はしていなかったけど、最後にあみだを引いた私と佐野君は見事に別グループに…。
おまけに優奈とも班がわかれてしまった。

その日の放課後、私は一人教室に残って、もくもくと遠足の準備を進めていた。
「…遠足少しでも皆、楽しんでくれたらいいけど…」
最初、半強制的にクラス委員長をすることになり、とても抵抗があった。けど、レクリエーションが成功したあたりからこの仕事に対して私は少しやりがいを感じるようになっていた。
区切りのいいところで作業を止め、教室の戸締まりをして一人廊下を歩く。
廊下の窓の外からはクラブ活動をする威勢のいい掛け声、そしてずっと続いている綺麗な夕日が目に留まった。
「当日、晴れるといいな…」

遠足が終わるとすぐにテスト。
そしてそれが終わったらサッカー部は夏の大会が始まる。
クラス委員としてのイベントはしばらくない。
つまり、遠足が終わればこのまま必然的に佐野君との接点が、なくなる…？

佐野君とはＨＲで遠足の話を初めて聞いたとき、少し喋《しゃべ》ったぐらいで、それっきりだった。
……どう、努力したらいいのかわからない…。
佐野君は忙しそうで…、日が経《た》てばたつほど、佐野君との距離は開く一方…とても、寂しかった。
半ば諦《あきら》めの色が浮かぶというのに、気持ちは全然冷めなくて…
そう考え込んでいるうちに、急に佐野君への恋しさが込み上げてきた。

「…佐野君、今日も部活だよね…
…ちょっとグラウンド覗《のぞ》いてみようかな…」
いつもは駅に近い南門から帰るけど、今日は遠回りしてグラウンド経由で東門から帰ることにした。
教室にいる佐野君もいいけど、真剣に楽しそうにサッカーをする佐野君は、特に好きだった。

私はひとり人気のない靴箱から靴を取り出し、上履きから履き替える。

ふうっと、ひとりでにため息がこぼれた。
閑散とした昇降口を出て、校門へとテクテク向かう。
その時だった。

「…ねえ君っ！　ちょっと待って」
「!?」
一瞬誰を呼んでいるのかわからなかった。
でもその声はとても聞き覚えのある声で、呼ばれたのは私じゃないかもしれないと思いながらもそっと声のする方を振り向く。

「あ…こんにちは…？　…梶原先輩…」
そこには、にこっとこちらに笑いかける梶原先輩がいた。
「ごめん。呼び止めて。えっと名前…」
「あ、一柳ですッ！」
梶原先輩はグラウンドのある方から来たみたいでサッカーの練習着の格好をしていた。
「…一柳さん、今日このあと急ぎの用事ある？」
「えっ!?　この後は特に…家に帰るだけです…」
…本当は遠足の景品を帰りにちょこっと買って帰ろうと思っていたけど、梶原先輩にはあえてそのことは言わずに答えた。

「そう。ちょうど良かった。実は佐野が怪我《けが》をしてね」
「ええっ!?」
自分でもびっくりするぐらい大きな声を出していた。
「佐野君が怪我っ!?　大丈夫なんですかっ!?」
ひやりとしたものが背中を伝っていった。
心臓がバクンバクンと鳴って目の前がぐらりと傾きそうだ。
「ああ、怪我は大したことないと思うよ。
ちょっと練習中に接触しただけだから」

「…今、佐野君は…？」
「保健室。…それで一柳さんにお願いっていうか、佐野の様子見て来てもらってもいいかな？」
「えっ!?」
梶原先輩のその言葉にさらに私はびっくりした。
「ちょうど今から俺、佐野の様子を見に行こうと思ってたんだよね。だけど、部員とかまだグラウンドに残しているから、…佐野にもう今日は帰るように君から伝えてもらえないかなって」
「わ、私がですか…？」
「うん。ダメ？　君、佐野と仲が良いみたいだし」
「………っ」
佐野君の怪我、とても気になる。
気になるけど、でも私…
佐野君にとって私はただのクラスメイト。
私が行っても迷惑なんじゃ…？　でも……

「…なんか都合悪いかな…？」
梶原先輩が私の様子を窺《うかが》うように少し困った顔で笑った。
「っ…わ、かりました！」
佐野君の怪我の具合を心配する気持ちが勝った。
「あ、本当？　よかった～助かる！
これ。持っていってもらっていい？　佐野の着替え！」
ドサッと佐野君の鞄《かばん》と制服を私に渡してくれる。
「よろしくね」
その言葉を残して梶原先輩は他のサッカー部員が待つグラウンドの方へ駆けていった…。

「…渡したらすぐに帰ろう…」

どんな顔をして会えばいいかわからないけど、私はほっとけなくて佐野君の荷物を持って、きた道を戻り保健室へと向かった。

コンコン…と、遠慮気味に私はドアを叩いた。
「…はい」
遅れて佐野君の声が聞こえた。
あれ…なんで佐野君が返事したんだろ？
と思いながら勇気を出してドアを開ける。
「あの…」
「！」
簡易ベッドを椅子代わりに腰かけて佐野君がこっちを見た。
私はぐるっと保健室内を見渡す。
…しまった。どうしよう…
保健室にいるはずの保健の先生がいない…？
真っ白な部屋には佐野君一人…
ドキンドキンと心臓が相変わらずうるさくなっていく。
「梨乃…？　どうした？　怪我でもした？」
少し驚いた表情で佐野君は私に話しかけてきた。
「あ、私じゃなくて佐野君…怪我したって…大丈夫？」
言葉も切れ切れに、私はやっとのことで佐野君の様子を聞いた。
佐野君は明らかにほっとした顔を浮かべたあと一言。
「…見ての通りだけど？」
「………」
佐野君の右足首に包帯、その上を氷で冷やしている。
他にも腕に大きな絆創膏《ばんそうこう》が貼《は》ってあった。
怪我は痛々しいけど、本人は比較的元気で、
…今度は私がほっとした。

「あの…着替え…持ってきたの。そっち行ってもいい？」
ずっとドア付近に突っ立っているわけにもいかず、私は緊張しながら佐野君に話しかける。
「………」
沈黙が、怖い。
どうしよう…クラス委員の仕事以外絡みたくないから出て行けとか言われたら…
「いいよ。入れば？」
!!
「…お邪魔、します…」

…よかった。佐野君、いつも私に見せる態度と変わらない…
佐野君は怒っているわけでも、冷たくするわけでも、他人行儀に愛想振りまくわけでもなかった。
そっと佐野君の側に近づく。
「…保健の先生は…？」
改めて部屋を見てみても、佐野君以外に人はいなかった。
「職員会だって、怪我の手当したら出て行った。
適当に休んで帰れだって」
普通に佐野君は私の質問に答えてくれた。

…あ、もしかしたら私から絡むのは大丈夫…とか？
「そうなんだ…怪我、本当に大丈夫？　痛くない？」
近くで見ると佐野君は土まみれで、小さな擦《す》り傷がいくつもあった。
「今日暑くて軽装だった上に、派手に転んだからね」
佐野君は、今度はリラックスするように簡易ベットにふうっと手をついて今にも寝ころびそうにしながら言った。
「え？　転んだの？　接触したって聞いたけど…」

すると佐野君はぴたりと動きを止め、身体をまた元の位置に起こすと私をじっと見た。
「…誰にそれ聞いたの？」
「…え？」
視線で射ぬく勢いで私を見つめる。
「…あの…梶原先輩に…着替え頼まれたの」
「………」
梶原先輩の名前を言うのを少し躊躇《ちゅうちょ》した。
「持っていくようにって…
あと、今日はもう帰っていいって伝言…です…」
ドキドキしながら私はそう答えた。
それを聞いた佐野君は最初無表情でふーんと言ってそのあと、

「…梶原先輩とすっかり仲良しなんだね。なんか…
面白くない」
あきらかに拗《す》ねて言った。

⁉　……え?!
「…梶原先輩とはたまたま会って…面白くないって、何が？」
「…着替え、ありがとう。
そこに置いておいて、もう帰っていいよ。お疲れ」
「え…？　あ、な…」
用が済んだらさっさと帰れって…？
いや…でも…佐野君今、
梶原先輩と私が仲良しは面白くないって…
確かに言ったよね…？　それって…⁉

「……佐野君は…帰らないの？」
だから私は食い下がった。

…このまま素直に帰りたくなかったし、佐野君が拗ねた顔をしていて驚いたから…でも、
「…帰るよ。梨乃が帰った後に」
……でた。佐野王子の冷たいお言葉…。
別に優しい言葉を期待して来たわけじゃないけれど…。
「………」
私はくるりとあたりをもう一度見渡し、佐野君が置けと言ったところに鞄を置くと、すぐ近くの椅子に腰をかけた。

「…着替えるなら私、後ろ向いているからどうぞ」
「はあ？」
佐野君がビックリした声を上げた。
「…一緒に帰る。…その、心配だから…荷物また持つよ」
ドキドキとしながら言った。

普段の私なら絡まないと言われたら素直にその通りにして、こっちからも絡まない…。けど、
…嫌われてしまったと思っていた佐野君の様子が予想と違う。
それに、クラス委員としてこれからも関わるし、佐野君とまた気まずくなりたくない。…本当に嫌われるなんて…ヤダ。
…そんなの、悲しすぎる…。
好かれるための努力ってどうしたらいいかわからないけれど、
佐野君の誤解を解いて、仲良く…せめて、
前みたいな関係になりたい…！

「…なに？　また俺の面倒見てくれるの？」
ふっと鼻で笑うように佐野君は言う。
「…いいよ。なんでも言って。…手伝う…から」
ここまで下手に出ることはないのかもしれない。

ご機嫌取りだって自分でもわかっていた。
それでもいい。佐野君の側にいたい。って私は強く思った。
「……ふーん。なんでも手伝ってくれるんだ…」
「………」
なんでもは言い過ぎたかな…。
「…本当にいいの？　梨乃」
「っだからいいよ！　でも条件がある」
「…条件？」
佐野君の顔が少し険しくなった。
私から条件を出すなんて今までなかったから意外だったみたい。
言うのをどうしようか…少し悩んでから私は佐野君に条件を出した。

「…私のこと、信じて欲しい」
「………は？」
佐野君の長い睫毛《まつげ》が、パチンと音を出しそうな勢いで瞬《まばた》きをした。
「…私の言葉を信じて欲しいの。
前に言ったでしょ？　私、本当に梶原先輩のことは好きじゃなくて憧れていただけで…だから、その…決めつけないで」
…好きな人に、別の人のこと好きだって誤解されているのはとても辛い。そのことを私はどうしても否定しておきたかった。

「梨乃は梶原先輩が好きじゃないって、信じる。
…それが条件？」
まっすぐな目で佐野君は私を見て聞き返してきた。
「そ、そう。…他にも全て…
私の言葉をこれからは信じて欲しい…です。
それが条件だけど…ダメ…？」

「………」
ぐっと手に汗握って私はさらに続けた。
「私、佐野君のこと、…どうでもいいなんて…
思ってないよ…」
佐野君の表情が固まった。
…なんだか自分で言ってて恥ずかしくなった。
私を信じて欲しいって…凄《すご》く、照れくさい…。

「…わかった」
「！　本当に?!」
佐野君の顔を再度見た。
ふっと彼の顔から険しい表情が消えていく。

「……よかったぁ〜！」
ぱあっと目の前が開けたみたいだった。
一気に世界が明るくなったように感じる。
佐野君、私を信じてくれるってことだよね？
はあ…本当に良かった…！
取りあえず佐野君の誤解は取り消せそう！
「そうすれば何でも手伝ってくれるんだろ？　梨乃ちゃん」
「っ!?」
今度はニコッと不敵に笑う佐野君がいた。
私ははたと動きを止めた。
「う…う、ん…」
確かに信じてもらいたい一心でそんなこと言っちゃったけど、
…怖いな…佐野君。
何か企《たくら》むような顔、している…
佐野君はちらりと自分の着替えが入った鞄を見た。
「じゃあ、俺が頼んだらまた着替え手伝ってくれるの？」

「うっ…」
佐野君今度はガッツリ着脱では…？
今回怪我しているのは足。ま、まさかっ…
「…下のズボン履き替えるのも手伝えとか言うの?!
それは無理だからっ!!」
私は慌《あわ》てて椅子ごとダッと後ろに下がって、佐野君との間合いを取った。
「……何もそこまで俺、言ってないけど？」
佐野君は意外なことに、冷静に呆《あき》れて言った。
「いいよ。着替えは何とか自分でするから」
ふうっと一つため息だけついて佐野君は鞄を手繰《たぐ》り寄せる。
「ご、ごめん。着替え終わるまで外に…」
ぱっと立ち上がり、佐野君に背を向け私はそのまま出口に行こうとした。
「いい。すぐ終わるからそこで待って」
「っ！　あ…はい…」
言葉で引き留められ、大人しくそこに留まる。
沈黙が支配する保健室で佐野君の着替える音だけが響いていた。
「…別にこっち向いて見ててもいいけど？」
「うえっ!?　む、無理っ!!」
「ははっ」
「っ………！」
いつもの佐野君だ。私をからかって楽しんでる。
私は内心ほっとしていた。
…勇気を出して保健室来てよかった…。

「もういいよ、着替えたからこっち来て梨乃」
「？」
佐野君に呼ばれ私は振り向いた。

練習着から制服に着替えた佐野君は、変わらずベッドの上でくつろいでいる。
「？　帰らないの？」
きょとんとした顔で私は突っ立って佐野君を見た。
「…梨乃、こっち来て」
佐野君はもう一度私を呼んだ。
…少し、甘えるような優しい声で…
「…んな、なんで？」
「いいから。早く」
また新しい佐野君の表情。…ドキドキする…。
けど、このパターン絶対なんか企んでそう…！
気をつけなくちゃ…！
「…何？　早く帰ろう…？」
びくびく警戒しながら佐野君の側に近寄った。
「…これ、持って」
「え？」
「荷物。持ってくれるんだろ？」
佐野君は着替えを詰め込んだ鞄を指さして言った。
「あ、はい…」
…なんだ。
荷物を持たせるために呼んだのか…。
もう！　それならそうと先に言ってくれたらいいのに…！
そう心の中で呟《つぶや》きながら佐野君の荷物に私は手を伸ばした。

「…引っかかった」
「え？　きゃあッ‼⁇」
鞄に手をかけた瞬間、私の手首を佐野君が掴《つか》みぐいっと引っ張った。一気に、目の前には見覚えのある佐野君の胸元！
「ちょっ！　ええっ⁉」

佐野君の胸で暴れながら彼の顔を見上げる。
「捕まえた。梨乃って隙だらけだね。警戒しても無駄」
「む、無駄ってっ…⁉
佐野君の行動が私には意味わかんないだけっ…‼」
「…そう？」
なんなの一体?!　佐野君どういうつもり⁉
「佐野君、離してよっ！　なんでこんなこと…っ」
「なんでって、楽しいから？」
「っうう⁉」
佐野君、やっぱり遊び人?!
「も、もう‼」
ぐいっと佐野君の胸を押して何とか私は隙間を作る。
「ここ！　保健室だよ？　誰か来たらどうするの…」
私は半身…だけど！　二人でベッドの上で抱き合う（捕まっているだけだけど！）のは非常にまずいのでは…?‼
と言おうとする私の言葉を佐野君は余裕で遮《さえぎ》った。
「保健室で…誰も来なかったらいいの？」
「!!!」
なんってことを言うのですかっ！　佐野王子はっ‼
私は顔をこれでもかっ！　っていうぐらい真っ赤にする。
一方、佐野君はこんな大胆なことをしておきながら今までで一番の爽《さわ》やか笑顔だ。
……なんだかとっても複雑な気分…！

「…佐野君…は、誰にでもこんなことするのね…！」
キッっと佐野君を睨《にら》んだ。
佐野君、慣れてる。
すっごく慣れてる。こなれてるッ‼
実は爽やかな笑顔で女の子騙《だま》してるとか？

それが本当ならとってもショックなんですけどっ!!

「…ねえ。俺の質問の方が先でしょ。答えて。
誰も来ないところで俺と二人だけだったら…いいんだよね？」
「えええっ!?」
ど、どう答えろと…？
好きだから嬉《うれ》しいとか答えればいいわけ？
うわッ！　絶対無理!!　そんなの無理無理無理!!
佐野君はきっとからかっているだけ…！
私の反応が楽しいってさっき言ってたし。
ど、どうしたらいいの〜?!!
「…でも本当梨乃って隙だらけ。
他の男にこんなことされたらどうすんの？　気をつけて」
「うう゛…」
…次からは気をつける…あなたを含めて!!
「…も、わかったから…いい加減はなして！」
「…質問に答えたらね」
「！」
…相変わらずイジワルだ。容赦ない…！
「…っ保健室でなくても…誰でも急にこんな…
ビックリすることしたらダメ！」
私は小さな子に怒るような口調で言った。
「………」
佐野君の無言は怖い。
意にそわなかったかな？　怒ってる？　どうしよう…
「梨乃…」
「っ！」
また反射的にビクッとなった。
「……何その反応？　どんだけ俺にビビってんの？」

爽やか笑顔が瞬間しゅんっと少し寂しそうな目をした。
「っ………」
え？　うそ…そんな反応なの?!
…その目、その声、可愛すぎッ‼
ああ、どうしよう…。
またくらくらしてきた…

「い、いつもビビるようなことするからでしょ⁉
今だって…だから急にビックリすること、しないで？」
でも言った！
私言いたいこと佐野君に言えた‼
まあ必要以上にビックリしているのは、私が佐野君を意識しているからだけど…

「…ヤダ」
「………」
…………えっ⁉
今、佐野君、ヤダって…言った？
「言ったじゃん。梨乃の反応、面白いって。
こんな楽しいことやめない。やめるわけないでしょ」
「っんな‼」
しまった！　そうだった！　この人ドＳだったんだ！
私のバカ‼　この爽やか笑顔にうっかりまた騙されて‼
言ったらわかってもらえると思った私がバカだった‼

「…他の人にもこんな…からかって遊ぶの？　佐野君は…！」
「他の人？」
「だって！　佐野君、他に好きな人がいるのにこんなこと…！
からかっているんだとしてもやり過ぎ…だから‼」

私はキッと半泣きで佐野君を睨んだ。
「………」
佐野君はそんな私をただ見つめ返してくる。
…必要以上に至近距離で…

……やばい。どうしよう？　やばいっ！
ああ、もう…心臓が…心臓が凄い音を…!!
もうそろそろマジで心臓がオーバーヒートで壊れるううっ!!

「……梨…」
佐野君が私の名前を再度呼ぼうとしたその時、チャイムが鳴り響いた。
「！」
二人で保健室に掛けてある時計を見る。
もう下校時刻で、校舎は施錠される。
…早くここから出なくちゃいけない。

「……とりあえず、ここ出よう」
声を発すると同時に佐野君は私を開放した。
「あ、…うん…」
急にモードを切り替えて帰り支度を進める佐野君をきょとんとしたまま私は見つめた。…切り替え、はや……。
そのまま保健室を出て行く佐野君の後を追った。

「……バーベキューセットの数とか予約済んだ？」
校門を出てしばらく歩いたところで佐野君は後ろを少し振り向き、急に私に質問をしてきた。
「遠足のこと？　…済ませたよ。後はゲームの景品のお菓子を買ったり宝物を探すヒントの紙を書くだけ…」
担任はせっかくだから幹事も全てやってみろと私たちに押しつけた。今からそういうのに慣れていたら将来社会に出たら色々役に立つと言って…
「ふーん。…それ、俺も手伝おうか？」
「え？」
ずっと佐野君の後ろをついて行っていた私が、佐野君に追いつく。
「え？　…い、いいよ！　佐野君今、練習大変な時期でしょ？
買い出しも…今日この後ちょこっとしていくから！
私一人で大丈…」
「…せっかく今日久しぶりに一緒に帰るんだし、付き合うよ。買い出し」
「ええっ⁉」
佐野君からの急な申し出に私は戸惑った。
「…い、いいの…？　でも佐野君、怪我《けが》しているし…」
一緒に帰ることになり、それだけで十分嬉しい。
だからまさか買い出しまで一緒にすることになるなんて、考えてもいなかった。
「…いいよ。怪我大したことないし…買い出し楽しそうじゃん」
にこっと佐野君は笑って言った。
どうしよう⁈　もしかして…
これこそ優奈が言ってたチャンスってやつ⁉
嫌われていないなら…次は好きになってもらう努力…‼
…て、緊張してそれどころじゃないけど……‼
「……あ、りがとう……」
「ん…」

どうしよう。緊張する…‼
何話そう？
いや、じゃなくてっ！　何を買おうかな？　だった…
前に学校の帰り、ゲームセンターに寄って佐野君と遊んだ。
楽しかった、あの日のことを思い出す。
あの時ＵＦＯキャッチャーで取ってもらったぬいぐるみは今でもしっかり鞄《かばん》にぶら下げている。
私にとって今一番の宝物…。

「じゃあ、買いに行くか。ゲームの景品何にするかまだ決めてないんだろ？　駅前にいい店があるからそこで買おう」
「うん…！」
つい嬉しそうな声が出る。
私は久しぶりにご主人様に遊んでもらえることになって喜ぶ犬のように、しっぽがあったら思いっきり振っていた。
それぐらい嬉しかった。

「…いい店ってここ？」
「そう。ここ駄菓子屋！」
佐野君が連れて来てくれた場所それは、駅ビルの中にある少し懐かしの駄菓子屋さん。
「ここでならいっぱい買えるだろ？　普通のお菓子買ってもつまんねーし。このおもちゃとか買おう」
佐野君はそう言うと籠《かご》を取って次から次へと雑に駄菓子を入れていく。
「ちょ、まって決めるの早いっ！　ちゃんと計算しながら…」
「計算？　ちゃんと暗算しているけど？　梨乃も早く選んで」
「‼」

…適当に放りこんでいるだけかと思った。
暗算しながらだったんだ…すごっ…
「…私このお菓子とこれがいいっ！」
「ああいいね。女子が喜びそう」
「…本当にこれでみんな喜んでくれるかな？」
「…なに？　俺の案に文句でも？」
じろっと佐野君が私を睨む。
「も、文句ありません…」
私は苦笑いを浮かべながら答えた。
別に本気で文句があったわけじゃない。
確かに私は駄菓子と聞いてテンションが上がった。
「…みんな童心に返って喜んでくれるかも、懐かしいって」
「予算が限られているのは皆知ってるんだし、景品にそこまで期待してないって。ほら、さっさと選ぶ！」
「は、はいっ！」
その後私たちは二人で持ちきれないぐらい籠いっぱい、予算ギリギリまで駄菓子とその懐かしいおもちゃたちを買い込んだ。
「…凄《すご》い。佐野君、計算ぴったり…！」
佐野君の暗算力に驚いた。
「こんなの簡単だろ。ほら次行くよ」
「……次って？」
会計を終えた袋いっぱいの駄菓子を両手に下げ、私はきょとんとした顔で佐野君を見る。
「……腹減ったから何か食べていこう。付き合って」
「!!　えっ!?　今からご飯?!」
佐野君と二人で…これから?!
二人で外での食事は初めてで激しく緊張してきた。
「あ、家帰ったらご飯用意とかしてある？」
「…ううん！　大丈夫!!」

時刻は夜の七時を優に超え、本音を言えばお腹《なか》はグーグーと鳴っていた。
そのせいもあって私は勢いよく答えていた。
「そ。じゃ決まりね」
「!!」
え？　本当に?!　…やった…凄く、嬉しい!!
でもどうして急に？
佐野君、ホント何を考えているのかよくわからない…
そう思いながらも素直に佐野君の後をついて行った。

私と佐野君は駅にあるパスタ屋さんに入ることにした。
メニューに目を通して注文をする。
「………」
注文を終え、佐野君を目の前にしてすることがなくなり、そして私は言葉を失った。
「…なんかこうして食べるの初めてだね」
佐野君は私と目が合うと、にこりと微笑《ほほえ》んで言った。
「うん…そうだね……」
改めて佐野君の口から言われると余計に緊張が増す。
「………」
言葉が続かない。
沈黙が続くとさらに緊張が増していく。
……なにか、他に喋《しゃべ》ること…

「……梨乃って急に押し黙るよね。それ癖《くせ》？」
「へ？　あ、…そうかな？　…ちょっと緊張して…」
「緊張？」
あ…、また私ったら余計なこと言ったかな？
「…佐野君と外でご飯なんて…誰でも緊張するよきっと」

「ふーん…」
佐野君はじっと私を見る。
思わずさっとその瞳から目を逸《そ》らして、手元のお手拭《ふ》きで手を何度も拭いた。手汗が半端ない…。
「…男とご飯食べに行ったりしないの？」
‼?
「えっ⁉　し、しないよ！　したことないっ‼」
あわあわとあからさまに動揺しつつ答えた。
中学高校といつも私は女子ばっかりのグループで過ごしてきた。
「…彼氏なんてこの歳まで一度もできたことないし…」
チラリと佐野君を見る。
もってもての佐野君のことだ。
今までにたくさんの女子とデートとかしてきたに違いない。
なんかそれってどうしようもないことだけど…もやもや…
今回のこれもきっとお腹が空いていただけの、佐野君の気まぐれ…
「…俺も梨乃とのご飯、緊張しているよ」
佐野君はさらににこりと笑って言った。
「‼　…うっそだぁ～？」
またまた佐野君冗談言って！　と思ってそう言った。
「…まあ信じる信じないは任せるけど」
「っ⁉」
予想外の答えが返って来て私は目を丸くした。
その後すぐにパスタが運ばれてきて、話はそれてしまった。

ぎこちないなりにも料理の美味《おい》しさに救われ、初めての（学校の外での）佐野君との食事は楽しいもので終わった。
「あの…佐野君。本当に奢《おご》ってもらっていいの？」
会計を済ませ先に外へ出てしまった佐野君を慌《あわ》てて追いかけ、

私は問いかけた。
佐野君は私がお手洗いに立っている間に先に支払いを済ませていたのだ。
「いいよ。別にこれぐらい」
「…でも」
人に奢られ慣れてない私は佐野君の周りをうろうろ。
「いいからしまってその財布。それとももう電車乗る？」
「あ、…えっと今何時かな？」
時計を見た。時刻は夜の八時半…。
普段よりだいぶ遅い時間になっていた。
「…とりあえず電車乗って帰ろう。梨乃、行くよ」
佐野君は時間を確認するなりそう言った。
「あ、はい…あ、待って佐野君！」
慌てて佐野君の後を追いかける。
「？　なに？」
「えっと…パスタご馳走様でした。…今度なにか奢るね？」
佐野君の前に立ち頭を下げて言った。
「…貸し借りなしってこと？
まあいいや。どういたしまして。ほら、早く電車乗らないと…
家の人は大丈夫？　心配してるんじゃない？」
「あ、うん大丈夫。遅くなるって言ったから…」
「そう…」
確かに学校帰りでこんな遅くに帰ったことはあまりないけど、でも正直言えばまだ帰りたくなかった。

…もっと佐野君と一緒にいたい…
その思いが後から後から込み上げて来て…
胸がなぜかとても苦しい。

電車に乗ってからは余計に言葉少なになった。
もうすぐ佐野君の最寄駅、私はさらに先の駅でその後は一人っきり。どうしよう…なにかもっと気のきいた話したいのに…！
私はせっかくのこのチャンス、ちゃんと活かせているのかな？
一人焦る気持ちとは裏腹に電車は佐野君が降りる駅に着いてしまった。
ああ…残念。今日はここまで…

「…えっと、佐野君…今日はありがとう。またね」
優奈に努力すると言ったのに、結局私は何もできなかった。
だからせめて最後ぐらいは笑顔でと心がけ、佐野君に声をかける。だけど佐野君はそんな私の顔をただじっと見返してくるだけだった。そしてにこり。
「………？」
私もつられてさらににこり。…て、あれ?!
ドアが閉まる。それを私は目で確認して再度佐野君の顔を見上げた。すぐに電車は走り出した。
……佐野君を乗せたままで。

「…さ、佐野君？　降りなくてよかったの？」
「…遅くなったから送って行くよ」
「ええっ⁉」
私が降りる駅は佐野君の最寄駅より何駅も先。それなのに…！
「い、いいよ！　佐野君帰りが遅くなるよ」
「…遅くに一人帰らすの心配だから。それにもう降りる駅すぎちゃったし、梨乃は黙って送られたらいい」
「‼」
言葉こそ少しきついけど、佐野君の顔はいたって普通。
いつもの爽《さわ》やか笑顔がそこにあった。

「…あ、りがとう…」
佐野君が優しい…なんで？
…嬉しい…けど、なんか調子狂う。
照れくさいって言うか…。
それよりこれは、もしかして延長戦？　サッカーで言う、ロスタイム？
まだ私に佐野君と仲良くなるチャンスがあるってこと⁉
複雑でそわそわとした私の気持ちを乗せた電車は、確実に私の最寄駅へと近づいて行った。
「……家まではいいからね？　私の家古くて見せたくない」
「はいはい。近くまでね」
……とうとう私の降りる駅に着いてしまった。
そのまま二人で改札口を抜け歩いて行く。
「…やっぱり通行人少ないじゃん。俺、付いてきて正解」
街灯の明かりがほんのり灯《とも》っているだけの道を二人で歩く。
「梨乃は隙が多いんだから、夜に一人であまり人気《ひとけ》のないところ歩くなよ」
「………」
佐野君、まるでパパみたいなこと言ってる。
「…でも私にはもう慣れた道だから…」
なんて言い訳を私はしてみた。
「慣れた道でもダメ！　わかった？」
「………はい」
その言い方が本当に私を過保護に心配する親みたいで、私はクスリとつい少し笑ってしまった。

「…あれ、公園？　けっこう大きいね」
佐野君は前方に見えたきた私にはなじみ深い公園を指さして言った。

「うん、私が小さい頃よく遊んだ公園だよ。
あっち通り抜けたら近道だけど、夜で今は人気がないから…」
「近道？　なら通り抜けようか」
「え？」
さっき佐野君人気のないところは行くなって言ったばかりですよね？
「……人気がないから遠回りして住宅街を行こうと思ったんだけど…」
「…俺が一緒だから大丈夫。梨乃案内して」
「あ、うん…」
結局私と佐野君はその公園に入って行った。

その公園は樹木が多く、遊具はもちろん別に走り回れるグラウンドがある。公園の外周には散歩コースがあって、整備が行き届いたちょっとした大きな公園だった。

「…いいね。この公園。広くて綺麗だし」
なぜか佐野君はこの公園に入ってから少し楽しそう。
「…公園が好きなの？」
「…まあね。俺の近所にはこんな大きな公園ないから。
俺、犬飼ってるんだけど犬の散歩に良さそう」
「佐野君犬飼ってるんだ！　ここよく犬の散歩している人見かけるよ！　佐野君の家からは少し遠いかもだけどでもお勧め」
「うん、今度連れてくる」
「…で、あの…佐野君？
あまりそんな木ばっかりのところ行かない方がいいよ…」
「……なんで？」
「……そのあたり今時期になると大量に毛虫が発生するの。
毎年駆除しているらしいんだけど…残ってるかも…」

その毛虫は触れると湿疹が出たりする。
幼い頃背中にその毛虫がぽとっと落ちてきて、大泣きしたことがあった。
「へえ？　そうなんだ。でもいないよ。
それより面白い物がある。梨乃もこっちおいでよ」
「ええっ⁈」
いつもは私が犬扱いされるけど、今はなんだか逆。
佐野君、散歩に連れて来てもらって喜んでいる犬みたい。
なーんて言ったらまた怒るかな？
「梨乃、見てみてこれ。早く！」
「……わかったからちょっと待って」

仕方なく佐野君がいる場所へ近づいて行く。
「梨乃、こっち」
佐野君が指し示す上の方に目を向けた。
「…そんな暗いところ何も見えないでしょ？　もう帰…」
「もっとこっち。ここからなら見える」
「？」
佐野君が少し後ろに下がったのでその場所に私が立って、彼が指さした場所を見上げてみた。
「…なに…星？」
「…また引っかかった」
「え？　きゃあっ‼」
佐野君が急に後ろから私をぎゅっと抱きしめてきた。
「ええっ！　ちょ…もう！　何の冗談⁈」
急速に全身の熱が急上昇！
速攻私の頭は大パニック…‼
「…ここ暗いから星がよく見える。…と思って…」
そういうとすぐに佐野君は私を抱く腕の力を抜いた。

「…ごめん。急に驚かすなって言われてたの忘れてた」
振り向き佐野君を見たら、彼は両手を上げそう言った。
「…ホントびっくりした…。
星が見えるならそう言ってくれたらいいのに…！」
「悪い悪い。つい…ね」
木々が邪魔をして街灯の光が届きにくい。
佐野君の表情がいまいち見えないけど、その声はいつもの余裕ある優しい声だった。
……てゆうか、やっぱり佐野君女の子慣れしている…。
いちいちドキドキしてしまう自分がなんだかとっても悔しい！

「もういい？　私戻るね…！」
一緒にいれて嬉《うれ》しい反面、佐野君が女ったらしなのがショックというか…それでその場から逃げるように私は離れた。
それにここは苦手…怖い！　暗いし…
佐野君を背にして街灯のある道へ私は戻ろうとする。

「あ、梨乃待って」
歩道までもう少しのところで私は佐野君に呼び止められた。
なに？　と振り向いた私に佐野君は一言。

「…頭の上に毛虫がぶら下がってる」
!!!
「ぎゃあ———ッ!!!」
身体がぶるっと震《ふる》えた。
と、同時にそばに戻って来てくれていた佐野君に頭から突進。
私は毛虫から逃れるために佐野君にタックルするようにぶつかって行った。
「やだ毛虫っ!!　頭ついてない?!　ねえ!!」

佐野君の目の前で最大級にパニックになっていた。
「怖いっ！　こわいっ！　こわーいッ!!」
「ちょ。梨乃落ち着いて」
「っ!?」
耳元に佐野君の声がしてはたと気がつく。
私はギャーギャーとわめき散らしながらいつの間にか佐野君の胸に抱きついていた。
「あ、ご、ごめっ！　え?!」
我に返った私は咄嗟《とっさ》に佐野君から離れようとした。
けれどそれを佐野君の腕が邪魔をする。
「毛虫いないか確認するから動かないで」
「え？　え？　ええっ？」
毛虫の恐怖が蘇ったのと、佐野君の片腕がガッチリ私の腰を捕えているこの状況とに、さらにパニックになった。
「な、ちょ、佐野君?!」
佐野君のもう片方の手が私の頭を撫《な》で、肩下まである髪もゆっくり撫でていく。
私が大人しく、されるがままに仁王立ちで固まっていると、今度は両手で私の肩を確認していく。
「頭と肩と背中にはいないみたい。後は…」
「!!!」
…は、恥ずかしいっ!!
だって、優しく撫でていく佐野君の触り方が…ちょっと…
…イヤラシイ…。
「も、もういい…から…！」
たまらず私は佐野君の胸を押して少し距離を取ろうとした。
「…梨乃、手が震えているけど？」
手だけじゃなくて足もガクガクに震えていた。
「だ、いじょうぶ！　大丈夫…」

本当は全然大丈夫じゃない…！
今すぐ足元から崩れ落ちそうだったけど、何とかその場にとどまっていた。
とにかくこの場から離れたい。
その一心でさらに佐野君を押す手に力を入れる。
「…全然大丈夫にみえないけど？
怖いから俺に抱きついてきたんだろ？」
「そう…あ…。でももう大丈夫っ…！」
「これは先に梨乃から抱きついて来たんだからね」
「え？」
「…震え止まるまで抱きしめてあげるよ」
「えっ？　わっ！」
私の反発なんて全く歯が立たず、さっきよりもぎゅっと…
今度は、向き合って抱きしめられた。
「さ、佐野君…‼」
…もう、何度目かな？
佐野君に抱きしめられること。
何度抱きしめられても心臓はバクンバクンで、佐野君のいい香りにくらくらして、なのに嬉しくて…
佐野君はそのままぎゅっと私を抱きしめ、しばらく離さなかった。
苦しいし、恥ずかしい…。
緊張でどうしていいかわからない。
なのに、徐々に居心地がよくなってきて…
ああ…もう…とろけて消えてしまいそう…！

「…震え止まった？」
毛虫への恐怖と佐野君への緊張の震えは、しばらく抱きしめられていたことでなんとか止まっていた。

「…うん、もう本当に大丈夫…。早く…帰らないと…」
平静を取り戻した私は、現実を思い出す。
いつまでもこんな場所でこうしている場合じゃない。
「ああ。そうだね」
その距離ゼロだった私と佐野君の間に、少し空間ができる。
「…？」
なのに、私の腰あたりで組まれた佐野君の腕は、なぜかいっこうに離れない…。

「だけど、もう少し…梨乃とこうしていたい」
「………え…？」

佐野君の息遣《いきづか》いがわかる距離。
ここはまだ歩道まで少し距離があって街灯の光が届かず薄暗い。
けれどそれでも佐野君の表情がわかるぐらい、二人の顔の距離が近いわけで…

「梨乃はそんなに早く帰りたいの？　俺といるより…」
佐野君は囁《ささや》くように言った。
皆に見せるような王子様スマイルでも、私にだけするいつものイジワル顔でもない。優しく、まっすぐな瞳…。
心臓がドクンと高鳴った。

「…ま、まって…！
今日の佐野君、…おかしいっ‼」
だから、さっきから疑問に思っていたことを口にせずにはいられなかった。
「…そう？」
「………つっつ‼」

すでに顔と顔が近いのに、さらにぐっと佐野君はそのキレイな顔を私の方に近づけてくる。
きゃあーっ!!　もう！　佐野君近過ぎるッ!!
あ！　そうか…!!　わかった!!

「…もしかしてこれ…新手の嫌がらせ？　佐野君！」
私があたふたして変な顔になるのを楽しんでるんだっ!!
うー…。…人の気も知らないで…ヒドイッ…!!
「…とりあえず、歩道に戻ろ？　ね？」
ずっと抱きしめられ至近距離なのがとても照れくさい。
心臓のドキドキを聞かれていそうで…恥ずかしい…!!

「…俺はまだ帰りたくない。
…もっと、梨乃と一緒にいたい」
「………！」
頭の中が一瞬で真っ白になった。

「鈍感。…夜道心配でついて来たけど、もう少し一緒にいたいってのもあったから。…この意味、わかる？　梨乃」
コツンとおでこをくっつけて佐野君は私の瞳をじっと見る。
「………!!」
頭はまだ真っ白。
だけど耳の奥、胸の奥から尋常じゃない心臓の音がさっきからずっと鳴り響いていてフル活動し続けているのがわかった。
…そろそろ急に止まって死んでしまうかも…!!

「…わ、わかんない…」
やっとのことで声を発した。

『もっと一緒にいたい』
『心配でついて来た』
そう彼から発せられた言葉がじわじわと胸に浸透していく。
純粋に嬉しいと思う気持ち。だけど…
そこに水を差すように急速に浮上してくる、疑問。

「…どうして？　佐野君…。
どうして他に本命の好きな人がいるのに…
こんなことできるの⁉」
「！」
今度は真っ白な頭にいろんな感情と思考が一気に流れ込んできて、頭の中がぐるぐると大混乱を始めた。
女ったらしの佐野君だもの。
毛虫にビビって震えている女の子がいれば誰でも抱きしめるんだきっと！　…本命がいてもいなくても…

「…とにかく！　は、離して…！　佐野君…‼」
嬉しいけど信じられない。ちぐはぐな感情に胸が苦しい…。
その思いからさっきみたいに私は佐野君の胸をぐっと押した。
「…梨乃…俺に触れられるの、嫌？」
「…だって佐野君、私のことからかっている！
誰にでもこんなこと…するんでしょ？
…今だけの気まぐれかなって…そうなんでしょ…？」
「…それ、さっき保健室でも言ってたね…」
「…だって！　佐野君が私には…わからない‼」
感情をコントロールできず、思わず強い否定の言葉を口にした。

…優奈…ごめん。
私、努力の仕方、わかんない…。

好きだという思いとは裏腹に、佐野君に可愛くないことを次々言ってしまう。

「……梨乃聞いて。
俺、気まぐれでこんなこと梨乃以外にしない。
……誰にでもするわけじゃない」
「………うそ。信じられない…！」
…佐野君のことが好きなのに、信じられなかった。
「………」
二人の間に流れる沈黙。
そしてため息が佐野君からこぼれた。

「…そういえば梨乃は、
俺の好きな人が誰か聞きたくないんだったね」
「………？」
急になに？
佐野君の好きな人、本命…？
「それ聞いた時は俺のこと興味ないんだってムカついたけど…」
「ちがう…！　ただ…知りたくなくて…」
今もできれば知りたくない。
佐野君の本命なんて…

「…きっと…私なんて足元にも及ばない。すごく綺麗で可愛い子なんでしょ？　本命がいるから、私への言葉は、気まぐれでそんな深い意味はないのかなって…」
それ以上言葉を紡ぐことはできなかった。
この夢の時間を自ら壊していることに、後悔が込み上げて来て…悲しくなった。

「ふ…」
「!?」
急に佐野君は笑った。
…なぜか余裕の顔で私を見下ろしている。

「梨乃の鈍感具合は、俺にもわかんないとこあるけど、これだけはわかるよ。…今、梨乃は俺に必死になってるって」
「!!!!」
顔から火が出そうなぐらい恥ずかしくなった。

「…結局、梨乃は俺の本命が誰か気になるってことだよね？」
「……!?」
気持ちを見透かされ動揺が走る。
「いや、やっぱり梨乃って可愛いなって」
「なッ!!」
顔だけじゃなく、全身がカッと熱くなった。
「ヒ、ヒドイ！　佐野君また私をからかって…」
「からかってないよ。本気」
「!!!!」
………本気…!?
「嘘《うそ》…！　おかしいッ！　ありえないッ!!
な、なんなの？　佐野君は私をどうしたいの？
…イジワルして、そんなに楽しい!?」
「…きゃんきゃん犬みたいにわめくなって！　じゃあなに？
梨乃は他の男にこんなことされても喜ぶわけ？」
「きゃあッ!?　……!!!」
佐野君は急にぎゅっと私を抱きしめた。
「嫌なら嫌って言えよ。梨乃…」

「………ッ!!」
無理…！
佐野君の腕と香りに包まれて嫌って、言えるわけがない…！
「…何も言わないってことは、嫌じゃないってことだよね？」
「………」
嫌じゃないと言葉にする代わりにコクリと小さくうなずいた。
「…俺の好きな人が誰なのか気になるのも、俺に興味があるから。それで俺に触れられても嫌じゃない。ってことは？」

私の耳元で囁かれる佐野君の声はどこか余裕で…
なんだか勝ち誇っているように聞こえた。

……これ、もしかして…佐野君、
私の気持ちに気づいてる…？

「梨乃…素直に俺に気持ち言ったら？」
「!!!!!」
さっき以上に全身が凄《すご》い勢いでカアッっと熱くなった。

「…………佐野君の、バカ…！」
「……！」

…バレてる！　私の気持ち…!!
なんで？　いつバレたんだろう…？
私の気持ち知ってて…言わそうとしてる!?

「佐野君、優しくない…！」

私は佐野君の胸を叩くみたいに勢いよくぐっと押した。

………最悪…！
…告白って、こういうもん？
こんなふうに追いつめられてさせられるものなの？
…やだ…こんなの…イヤ！　絶対にっ‼

「梨乃…ちょっと待った」
佐野君は抱きしめていた手を緩《ゆる》めると、私の顔を覗《のぞ》き見た。
私は込み上げてくる感情と涙をギリギリのところで、こぼれないようにせき止める。
たぶん、今本当に必死で、私の顔ブサイク…

「…み、見ないで…！」
声を発すると同時にせき止めていた涙がこぼれた。

…くやしい…‼
佐野君、私の気持ち知ってて楽しみ、からかって遊ぶなんて…！
…ヒドイ。この人絶対根っからのドＳ‼
どうして私は私をいじめる佐野君が好きなんだろう…⁉

私の涙に気がついた佐野君は抱きしめるのを止《や》め、両手で私の頬を優しく包み込む。
「…ごめん。梨乃、泣くなって…」
ぐいッと顔を持ち上げられて、目と目があった。
「…⁉」
佐野君の顔はなぜが微笑《ほほえ》んでいて、声も瞳も優しい。
…私が泣いているというのに…。
「………」

…あ、もしかしてこれ同情…⁇　私、慰められてる？

「…全然、優しくない…」
じろっと佐野君を睨《にら》むように見た。
「…じゃあ、俺にどうして欲しい？」
「……え？」
「どう優しくしたらいい？　言って梨乃…」
どう優しく…？
「…そんなこと…今すぐ浮かばない…！」
ただ、佐野君が…わからない‼
いきなり抱きしめたり、手を繋《つな》いで来たり、ため息ついたり、
笑ってからかったり…優しかったり………。
あれ？　それってどういうことだろ？
つまり……

「…佐野君は私のこと、どう思っているの……？」

ついポロリと核心をつく質問を私はしていた。

「……俺？」
一呼吸おいて佐野君が返事をする。
「…俺の気持ち、聞きたい？」
ドクンっと心臓が鳴って痛みが走った。
佐野君の声が、瞳が真剣で…
まっすぐ私を見つめてきたから。

「や！　やっぱりいい…‼　聞きたくないッ‼」
その瞬間答えを聞くのが怖くなった。
聞きたい。と同時に聞きたくないと思ったから…。

佐野君にはずっと好きな人がいる。
私と出会う前から好きな人が…
それなのに一瞬浮かんだ淡い希望…。
佐野君がもしかして私のことを…？　と考えてしまった自分が
とても自惚《うぬぼ》れているみたいで…恥ずかしい…！
ない！　…私のはずが、ない！　絶対に…‼

「…また、俺を拒否って逃げる。
聞けよ！　気になるなら…俺の本命が誰なのか…！」
「!!!」

佐野君の好きな人。
それを聞いてしまえばこの恋は終わってしまう？
…そんなの、イヤ…！

「……まだ、聞きたくない！」
私は首を横にふった。
「……梨乃…」
その瞬間佐野君の顔が険しくなった。

「……だって…まだ…諦《あきら》めたくないもん…！」
「………え？」
涙声で私の声が震《ふる》えたせいか、佐野君は聞き返してきた。けど、
かまわず私は続けた。

「…私、佐野君に…
好きになって欲しいから……」

ホントは今すぐこの場から走って逃げたかった。
けど、いまだに私は佐野君に囚《とら》われているわけで…
思い切って、覚悟を決めた。
私の気持ちはいつのまにか佐野君にバレていた。ならばせめて、
これから私のこと好きになってもらう努力、しなくちゃと…

本命が誰なのかなんてもう関係ない…。
今聞いてフラれることだけは避けたかった。

「…ごめん。ただ、
私のことイジワルじゃなくて特別扱いして欲しくて…。
他の人にもこんなことするんだって思うと悲しかっただけ」
涙を拭《ぬぐ》ってニコッと無理やり笑顔を作って言った。
泣いて困らせてウザいって思われないように…

「…梨乃、聞けって言ったのに…全然俺の話聞いてない。
俺、誰にでもこんなこと、しないって…！」
佐野君は驚いた顔をすると、少し怒ったような声で言った。
「え…？　でも…」
「梨乃のばーか！」
「なッ!?」
「俺のこと全然わかってない」
「！」
そのあと再び佐野君は私をぎゅっと抱きしめた。
「佐野君…?!」
ぎゅっの意味がわからなくて名前を呼んだら、さらに私を抱き
しめる手の力が強まった。
彼の顔が見えなくなって、その代わりに彼の温《ぬく》もりが増えて…

「ちょっ…佐野君？　苦しいッ…！」
嬉《うれ》しさと戸惑いで胸が押しつぶれそうだった。

「…だって梨乃、すっげえ可愛い…」
「……へ？」
「だけど、ばか。鈍感！」
「んなッ！　ヒド…」
「好きだよ」

「………………え？」
すっごい間を空けて私は反応した。

「俺の本命は梨…」
「ええ⁉」
今度は間髪入れずに聞き返していた。

…何の冗談⁉　また私をからかってる⁉

「…嘘つき！　私、騙《だま》されないんだからッ‼」
「…騙すって…俺、ひどい言われよう…。
せっかく告白してんのに」
「こッ…！」

……こ、こくはく……⁉

「梨乃の鈍感！　さっき言っただろ。本気だって…
いい加減気づけよ。俺の本命が誰かって…」

「だって…!!!
そんなこと…絶対ありえないもんッッ!!」

「なんで？
俺が梨乃のこと、好きになっちゃいけないの？」

「!!!!!」

………一瞬心臓が止まったみたいになった。
…胸が、苦しい…!!
これはどんな嫌がらせ？　ドッキリとか?!
私の気持ち気づいててそれで…からかっているの…!?

「そんな…ウソ…嘘だぁ…!!」
嘘だと口にしながら涙が勝手に溢《あふ》れる。

「…嘘じゃないって…本当。
梨乃…ずっと前から好きだった」
「!!!」

「なのに、諦めたくないから聞かないって…
好きになって欲しいって…鈍感でバカなのにすっげえ可愛い」
「なにそれ…!!」

かあっと全身赤く熱くなって変な汗が背中を流れた。
それでもまだ、信じられなかった。

今起きていることは本当に現実…？

それとも夢？　幻想…⁉　私の願望が見せるまぼろし⁉

「…私、可愛くないよ…⁉
…佐野君が好きな人は可愛いくて立派な人なんでしょ？
私、可愛くないもん…！　やっぱりありえない…‼」

「…可愛いよ。俺からすれば。
他の男の目に留まらないように閉じ込めておきたいくらい」
「なっ…‼」

…やっぱりこれはまぼろしだ！
あまりにも佐野王子のそばにいすぎたことでかかってしまった
魔法みたいなもので…
きっとすぐに覚める夢‼　こんな夢みたいなこと、
現実に私の身に起こるわけがない…‼
「…ずっとって、いつから？」
だから思わず疑問に思ったことを聞いていた。

「…一年の時、梨乃のことを知った」
「……一年の、時？　…あ！」
『電車でお婆ちゃん助けてたのを見た』
前に佐野君が話してくれたことを急に思い出した。
佐野君は抱きしめていた手を少し緩め、顔を上げると続けた。
「最初は気になるぐらいで、たまに目で追っているだけだった。
だけど健気《けなげ》で一生懸命なところが見えて、どんどん惹《ひ》かれていった。
…でも最初、梨乃は全然俺に興味ない上に、梶原先輩が好きだし、ちょっと焦った」
「……佐野君が…？」

いつも余裕の佐野君が焦ることがあるの…⁉

「梨乃、ずっと俺のこと拒否するし、こんなに思い通りにならないのは今まで経験したことなかった。…梨乃が初めてだった。だから…」
「きょ、拒否なんてしてない…」
私は首を横にふった。
「…そう？　いつも嫌々俺の世話しているように見えたけど」
「嫌々っていうか…佐野君がわかんなくて…」
佐野君はまたふっと笑った。少し困ったような顔で…

「…だから今日、梨乃が心配して保健室来てくれたことが嬉しかった。梶原先輩との誤解を解きたくて必死な梨乃をみて、…可愛いなって」
「……ッ‼」
あまりの驚きに涙がまたポロリとこぼれた。
流れる涙そのままに私は佐野君を見つめた。
「……梨乃…」
佐野君は私の名前を優しく呼ぶ。
ゆっくり私の頬を流れる涙をぬぐいながら。
「…梨乃、泣き過ぎ」
ふっと佐野君は笑った。
「………だって…！」

「梨乃…俺のこと、信じて…」
「‼」

またぎゅっと抱きしめられ、佐野君の匂いに包まれる。
もう何度もその胸に抱かれ、感じてきた温かさだった。

佐野君の好きな人が………私だった…。

あの学校一の爽《さわ》やか王子で、人気ナンバーワンな佐野君が私を…？
そんなミラクルが私の身に起こるなんて…!!

「佐野君…わかりにくいっ…！」
佐野君が私のことをなんて、誰が想像できる？
私のこと鈍感って言うけど、気づけって言う方が無理な話…!!
「…梨乃の気を引きたくてムキになった。
イジワルばかりして…ごめん」

…佐野君の優しい声が、ゆっくり胸に浸透していく。
私こそ、佐野君に気持ち悟られないようにしてきたかも。
そのせいもきっとある…
梶原先輩と話すといつも機嫌が悪かった。
私が写真を持っていたから…そのせいで…
ピースが一つずつはまっていくみたいな感覚だった。
今までわからなかったことがはっきり見えてくる。

「私もずっと…佐野君を勘違いしていた…ごめんね…」

これは魔法でも、まぼろしでも夢でもない、
現実なんだ…。
事実を受け止めると、胸の奥からじわじわと温かいなにかが湧《わ》き上がって来るのがわかった。

どうしよう？　嬉しい…！
知らなかった…！
嬉しくても涙って止まらないんだ…。

「…梨乃、わかった…？　わかったらもう泣き止《や》んで」

そっと佐野君は私の顔を覗き込む。
やっぱり少し困ったような顔で、それでいて瞳は今まで見たことがないぐらい優しかった。
だから佐野君を安心させようと泣きながらニコリと笑った。

「…うん。私、佐野君を、信じるね…」

初めての彼氏

いよいよ明日は遠足！
そんな中、私は朝早くから無我夢中で走っていた。

「お、おはよッ!!」
息をはずませながら私は彼に挨拶《あいさつ》をした。
「梨乃、遅い」
「ごめん……」
今、時刻は朝の７時半…。
私は静まり返った廊下を一人バタバタと走り抜け、自分たちの教室に駆け込んだ。そこで待っていたのは…、

佐野駿矢。
……彼は私の、…初めての彼氏…。

……は、ぶっちょうづらで私を出迎えてくれた。
教室の一番後ろ、自分の席に座ったまま。
佐野君以外教室には誰もいなかった。

「梨乃。早く、こっち来て」
ぶっちょうづらをやめ、にこりと佐野君は笑って私を呼んだ。
「…は、はい…」
教室の入り口ドア付近に突っ立っていた私は、ぎこちなく彼に

近寄って行った。
先日私たちは晴れてお付き合いをスタートさせた。
のだけれど…
いまだに…まったく、信じられない…!!

佐野君は我が校一モテモテな爽《さわ》やか王子様……。
そんな彼と私が付き合っているだなんて…
実感が…まだ全然湧《わ》かない。
それというのも、佐野君が部活で忙しいこともあって。
サッカーの大会が近いため、放課後の練習は夜遅くまで、そして授業が始まる前にも朝練が。
昼も筋トレとか打ち合わせをいつもしていた。
…とてもゆっくり話をする時間なんてないわけで、それで…

「梨乃、…俺に会いたかった？」
「！」
私が席に近づくと佐野君は上目遣《うわめづか》いで私を見て言った。
今日は珍しくサッカーの朝練がなかった。
だから朝早くに教室に来いと佐野君から昨夜、メールを貰《もら》った。

「……いつも教室で会ってるよ？」
少し無理して笑って、佐野君に言った。
あれから佐野君とは毎日メールをするようになった。
けれど、二人っきりで会うのはあの日以来で…
私はいまだに彼を前にすると、緊張していた。

「会ってるけど、梨乃素っ気ないじゃん」
「そ、そんなことない！　…よ…」
語尾が小さくなる。

素っ気なくしたくてしているわけじゃないけれど…佐野君を意識しすぎて…気恥ずかしさから少し、避けてはいた。

「……もっとこっち来れば？」
「わッ！」
佐野君は座ったまま身を乗り出し、私の手首を取る。
急に手首を掴《つか》まれて、さらに緊張が増してしまう。
「ちょっと、佐野君！　そんなに引っ張らないで…！」
「佐野君じゃなくて駿矢」
「え？」
掴まれていない右手で机に手をついた。佐野君との距離は机一つ分、なおも手を引っ張る佐野君によって私は前のめりになる。

「俺のことは駿矢って呼んで。わかった？」
「え…でも……」
「それからもっとこっち来いって。机邪魔。俺の横に来て」
佐野王子は私にもっと近づけと仰《おっしゃ》っている…
けれど…

「ちょっと…ここ、教室…！　誰か来たら…」
「こねーよこんな朝っぱらから。それに来ても別に気にしない」
「わ、私は気にする…！　とにかく手、離して」
「やだ」
「佐野君！」
「駿矢！　…やり直し」
「……!!」
佐野王子、命令多すぎ…!!
しかも私の気持ち、相変らずお構いなしだ…！

「しゅ、駿矢くん…手、とりあえず一度離してくれないかな？」
「…俺の横に来る？」
「……うん…」
しぶしぶ私は頷《うなず》いた。佐野君もしぶしぶ私の手を離す。

「……なんか梨乃、嫌そう」
少し拗《す》ねた顔で佐野君は私を見た。
「嫌じゃないよ。ただ…緊張して慣れないだけ…」
「なんでそんなに緊張すんの？　今さら」
「それは…だって……」
いまだにこの事実が信じられないから。
からかっている。…とはさすがに思わなくなって来たけれど、
でも、どうしたらいいのか戸惑いはまだあるわけで…

「……これでいい？」
私は椅子に座っている彼の横に立って、見下ろして言った。
佐野君は、私の方に身体の向きを変えると、
「……梨乃、俺の膝《ひざ》の上、座る？」
ニコリと笑って言った。
「膝の上ぇ?!　す、座らないッ!!
いいっ!!　ここでいい!!　充分ですッ!!」
「頑《かたく》な…まあいいや。
立ってるのしんどくなったら膝貸すからいつでも言って」
さらにニコリと微笑《ほほえ》んで佐野君は言った。
「う、うん……」
そのまま私の手を取ると、ぎゅっと優しく握ってきた。

「梨乃に触れるの久しぶり…」
伝わってくる佐野君の体温。

緊張するけど、とても嬉《うれ》しくて、頬が自然と緩《ゆる》む。
「………用事は何…？　メールでの呼び出しの…」
私が質問をすると佐野君はもう片方の手を私の腰へと回した。
ぐっと距離が近くなって、一気に伝わる体温が増えて…
「ちょ…⁉　佐野…駿矢君?!」
「ぷッ！　俺、フルネームで呼ばれてる」
くすくすと笑う声が私のすぐお腹《なか》あたりから聞こえて、さらに緊張が増した。
「駿矢君！　近いっ‼」
「俺は梨乃に会いたかった。用事はそれ。
だから呼んだんだけど？」
「！」

また佐野君は上目遣いに私を見て言った。
ああ…、その表情、やめて欲しい…
可愛くて思わずぎゅっとしたくなる…‼
「……駿矢君て、けっこう甘えん坊？」
「……悪い?!」
「‼」
けろりと言ってのけた佐野君に私はただビックリした。
…意外！　佐野君って実はおらにゃん系…⁉
「好きな人には普通触れたいって思うだろ。違う？」
「そう、なのかな…？　わかんない…」

好きな人。
さらっと佐野君は言ったけれど、それって私にとってとても凄《すご》いことだ。だけど…
「……こんな姿、誰かに見られて付き合ってることばれたら困るんだけど…駿矢君…」

会いたい、触れたい。と言ってくれる佐野君をとても愛《いと》しく感じる一方、佐野君のファンの子たちにばれたらどんな目に合うかと思うと恐怖が…私を襲う。

「……別に俺はバレてもいいけど。梨乃は嫌なの？」
「嫌っていうか…困る…！　佐野君ファンは多いんだよ⁉」
なぜ私なんかと佐野君は付き合っているの？　ってなって、きっと虐《いじ》められる…‼
「ファンなんて気にしないでいい」
「……私は気にするの…！　だから離して…！」
「………」
ぴたりと佐野君の表情が固まる。そして、
「……何それ」
ヒヤリと背筋が凍りそうなぐらい、低い声、冷たい目で佐野君は言った。

「あ……」
しまった。私、王子様のご機嫌、損ねちゃった⁈
さっきとはまた違う緊張感が私を包み込む。
すっと離れていく佐野君。
私はその手から解放されることを確かに望んだけれど、離れただけでなく、そっぽを向かれてしまった。
「ごめ、佐野君…」
「…駿矢。もういい。好きにすれば？
梨乃は俺の気持ち全然わかってない。
それに俺、結局梨乃の気持ち聞かせてもらってないし」
佐野君の気持ち…？
「…だって、それは……」
ズキンと胸に痛みが走った。

確かに私は佐野君が告白をしてくれたあの日、結局彼へ気持ちを伝えることができなかった。
だから私の気持ちを確かめようと私に触れ、甘えてくるのかな？

「ごめん、しゅ、駿矢…君。あのね…」
「もういいって。梨乃が嫌なら触れないようににするから。それでいい？」
「………」

どうしよう。誤解だ。
手を握ったり、抱きしめられたり、佐野君はいつも急で…
私はただ緊張して戸惑って…だけど別に嫌だったわけじゃない。

佐野君はガタッと椅子を引くと席を立った。
「…一緒にいるところ、見られたくないんだろ？
俺、適当に時間潰してくる」
さっきまで見せてくれていた微笑みを消して佐野君は言った。

……完璧私は佐野君を怒らせてしまった。

「……駿矢君！　ごめん。ごめんね？」
不安と焦りが全身を駆け巡って、苦しい。
立ち去っていく駿矢君の背を私は追った。
「怒らないで、駿矢君…！　謝るから…」
教室のドア付近で追いつき、彼の腕を引っ張った。
駿矢君は立ち止まり、私の方に振り向くと、
「…もう謝ってるじゃん。…怒ってないよ」
言葉は優しく、でも顔は怒ってはいないけどどこか悲しそうで、

「ごめん…」
また私は謝ってしまった。

「……俺、部室に行ってくる。…じゃね」
「！」
私の手を優しく振りほどくと駿矢君は背を向け、そのまま教室を出て行ってしまった。

私は後悔した。
そのまま動けなくなって、しばらく一人教室でたたずむしかできなかった…。

「……はあ…」
「梨乃…ため息７回目…」
「え？」
「…梨乃、どうかした？　…あの人のこと？」
「ん…ちょっとね…」

昼休み。
私は、お弁当を食べ終え、優奈とゆっくりくつろいでいた。
私は駿矢君と付き合いだしたことを、相談に乗ってもらっていた優奈にだけすぐに報告していた。
他の人には言っていない私の秘密……
報告すると優奈はそれは見事なはしゃぎっぷりで、自分のことのように喜んでくれて、本当に嬉しかった。

「…実は今朝ケンカしちゃって…」
だから正直に私は優奈に言った。

「え?!　ケンカ!!?」
優奈が驚きの声を上げる。
「し…！　本人に聞こえる……」
「あ、ごめん…」
「ケンカって言うか、たぶん怒らせちゃった…」
私がへへっと笑うと、
「……私に何かできることがあればいいんだけど…」
優奈はしゅんとして私に言った。
「………」
どうしよう、私、優奈に余計な心配かけちゃってる……
「梨乃、ケンカの理由わかんないけど、素直になって気持ち言った方がいいよ。その方が仲直り早くできるから」
優奈はそっと囁《ささや》くように私にアドバイスをくれた。
「素直に……うん…努力、してみる」
「うん！　頑張れ!!
あ、もうすぐ授業始まる！　次移動教室だよ。行こう梨乃！」
優奈は私を励ますと席を立って、移動の準備を始めた。
私もつられて席を立ち、優奈の後を追って教室を出た。

…仲直り。
といっても、駿矢君は部活で忙しい。
メールや電話でご機嫌を取るだけで私の気持ち、ちゃんと伝わるのかな…
そんなことを考えながら廊下にある掲示板の前を通りかかった時ふと、貼《は》り出されているチラシが目に止まった。
「!!」
……これだッ!!
「優奈！　ちょっと待って!!」
「え？」

私の少し先を行っていた優奈を呼び止め、掲示板を指さして言った。
「お願い！　これに付き合ってくれない？」
優奈は私の側に近寄ってきて、貼り出されているチラシを見る。
「…料理部？　お菓子作り教室体験。
誰でも可！　当日参加ＯＫ…あ、今日の放課後だ…。
……梨乃お願いって、もしかして？」
「一緒に放課後、参加してくれない⁉」
私は、ぱんっと手を顔の前で合わせて優奈にお願いした。

掲示板をたまたま見かけて思いついたこと。それは、
部活で忙しい駿矢君へ何か差し入れをしようというものだった。

「…なるほど、仲直りのきっかけに差し入れか…
いいアイデアだね！　いいよ！　協力する‼」
「ほんと？　ありがとう優奈‼」
その日の放課後、早速私と優奈はお菓子作り体験をしている調理室へと向かった。

料理部には知り合いがいなくて、さすがに一人乗り込んでいくのには勇気がいる。それで優奈を誘ったのだけれど…
優奈は甘いものが大好きで、人見知りもほとんどしない。すぐに輪に溶け込むと、楽しくバナナマフィンとクッキーを焼くことができた。

「うまく焼けたね！　それ、いつ渡すの？」
調理室をあとにして、優奈と一緒に帰っていたら質問をされた。
焼きたてお菓子のいい香りが、広がっている。

「…うん。明日遠足でしょ？　隙を見て渡そうかなって…」
グラウンドではサッカー部がまだ練習をしていた。
時刻はもう、かなり遅い時間。
応援する駿矢君ファンの子の数も減っていたけれど、他の部員たちもまだ練習中なわけで…さすがにその中で駿矢君にだけ差し入れをする勇気はなかった。

「…言わないでいきなり渡して驚かそうかなって…」
へへっと少し照れ笑いを浮かべる。
「あ、サプライズ?!　いいね！　きっと喜ぶよ！」
優奈の応援を受け、勇気がさらに湧いてきた。
駿矢君の喜ぶ顔を想像すると、また頬が緩む。

「…緊張するけど頑張って渡して、そして…仲直りするッ！」

まだ温かいマフィンが入っている箱をぎゅっと持って私は決意を固めた。

遠足当日

遠足当日の朝を迎えた。
天気は晴天！　まさに遠足日和！
そして私は…人一倍ドキドキしていた。

「…あ、梨乃その髪型可愛い！」
「あ、ありがとッ」
今日の私は髪をきゅっと、ひとまとめにしたポニーテール。
髪型を褒《ほ》められて少し照れくさい…。
「…ふふ。梨乃ちゃん気合入っているね！
昨日作ったお菓子、無事渡せるといいね」
「…昨日は付き合ってくれてありがとう…
タイミング難しそうだけど頑張る…！」
照れながらも…、改めて優奈に決意を伝えた。

その後、バスの座席で、私たちは長いこと待たされていた。
私は窓際、隣の通路側には優奈が座っていた。
もう予定の出発時刻はとっくに過ぎている。
なのに、担任の先生と運転手は何やら外で盛り上がっていて。

「…松崎さん、ごめん。ちょっと席変わってくれない？」
「あ…！　噂《うわさ》をすれば…！」
「……噂？」

突然駿矢君が私たちに話しかけて来た。
「キャンプ場の見取り図を貰《もら》ったから、あっちに着く前に宝探しの指示を隠す場所とか梨乃と打ち合わせしたいんだけど…」
「いーよ！　どうぞ!!」
「え？　優奈!?」
さっさと駿矢君に席を空け渡し、私にばちっとウインクすると優奈は後ろの座席へと移動して行った。
「……ああ、行っちゃった…」
「噂ってなに？　俺のこと？」
優奈が座っていた私の横に駿矢君が座る。
わッ！　心の準備が追いついてないッ!!
どうしよう?!
マフィンとクッキーさっそく今、渡すべき?!

「…今日の髪型可愛いね」
「！　あ…ありがとう…」
急に髪型を褒《ほ》められ顔を真っ赤にする。
「！」
すっと駿矢君の手が私の手に触れ、そのまま繋《つな》がれる。
「…それで、キャンプ場に着いたらなんだけど…」
「え？　あ、うん…」
駿矢君はそのまましれっと打ち合わせを始めた。
うッわあ…。心臓のドキドキ音、半端ない…!!
通路を挟《はさ》んだ反対の席には誰もいない。
まだバスは走り出しそうにないけれど、クラスの皆は大人しく座席に座って待っている。
だから繋いでいても見られることはないのだけれど…
私は一人で、意識しまくってドキドキ状態…。
「梨乃、顔赤いけど大丈夫？」

「……大丈夫…！」
本当はあまり大丈夫じゃない。なのにこの人…
わかってわざと聞いてる…！
私はさらに顔を真っ赤にした。
「……そんなに顔真っ赤だと、バレるよ？」
「わッ…！」
こそっと耳打ちするように小さな声で話す駿矢君に思わずびくっとなった。
「…バレたくないなら、普通にできないと…」
「だって…！」
「…ああ、そういえば二人でいるところも見られたくなかったんだっけ。俺もう別の座席へ移動しようか？」
「え？」
思わず、駿矢君の顔を見た。
マフィンとクッキーをまだ渡せていないのにと思って。
だけど、うまく言葉にできなくて無言で訴えるように駿矢君を見つめた。
「…どうする？」
試すような目で駿矢君は私を見る。
クラスの皆に怪しまれたくない。けれど……まだ…
行かないで欲しい…。
…私は繋いだ手を離されないようにぎゅっと握った。
そのタイミングで担任とバスの運転手が戻って来て、バスはすぐに発車した。

「駿矢君、あのね…」
バスが走り出してからも車内は皆の喧騒《けんそう》で賑《にぎ》やかだった。
私たちの打ち合わせはひと段落ついている。
私は小声で彼に話しかけた。

「…梨乃、悪い。俺眠い…着いたら起こしてくれない？」
「え？　あ、うん。いいよ…」
駿矢君達サッカー部は遠足当日の今朝も、朝練があったらしい。
バスの揺れが眠気を誘ったのか駿矢君は大きな欠伸《あくび》をした。
「オヤスミ…」
とだけ言ってスースーとあっという間に寝息が聞こえてきた。
「………ッ」
駿矢君の寝顔がすぐそこに…！
うわ…これって貴重！　ドキドキするッ‼
マフィンとクッキーはまた後で渡そうと諦《あきら》め、彼の寝顔をちらちら見ながら小一時間バスに揺られた。

緑が多い、とても開放的なキャンプ場にバスは到着した。バスを降りると駿矢君は、平然と男子の輪の中へ戻る。

「マフィン渡せた？」
にこにこしながら優奈が私に近づいてきた。
「ううん…、駿矢君寝ちゃって渡せなかった…」
「そっかぁ…まあまだチャンスあるよ！　あ、ねえ見て梨乃！なんか案内板にイベントのお知らせがあるよ！」
優奈が指さす方向を見た。
「…蛍《ほたる》祭り？　へえ！　ここって蛍も見られるんだ…」
「私、蛍見たことない…」
「え？　梨乃見たことないの？　…まあ、ここまで来ないと蛍見えないのかもね。なんか夜は駅からシャトルバスも定期的に出てるみたい。梨乃今度来ようよ！」
「うん。来たい！」
蛍がたくさん飛ぶ幻想的な風景、一度は見てみたいな…。

皆で先生の諸注意を聞き、その後は自由時間となった。
11時にグループで集合、その後バーベキューの準備を班ごとに別れてする。
その後、宝探しゲームの予定で、私と駿矢君はバーベキューの準備中にゲームの指示を書いた紙を隠すことになっていた。

「梨乃！　小川があるよ！　ちょっと行ってみようよ！」
「あ、うん」
宝探しゲームの下見になっていいかも…。
優奈とクラスの女子数人と一緒にキャンプ場を歩いて回った。

駿矢君をはじめ、他のクラスメイトは原っぱでボール遊びをしたり、川で水遊びをしたり…思い思いに楽しんで、あっという間に午前中の自由時間は終わった。
そろそろバーベキューの準備をする時間が迫っている。

「…優奈、ごめん私、今から宝探しの準備に行かないと…」
「あ、もうゲームの仕掛け時間？　うん。行っておいでよー。
バーベキューの準備中に抜けるのはみんな知ってるんだし、
マフィンを渡すチャンス!!　頑張って！」
「うん…行ってきます…！」

駿矢君を見つけ出し、少し離れたところから声をかけた。
「佐野君！　宝探しの仕掛け、今から手伝ってもらっていい？」
「…ああ。もうそんな時間？　わかった。
皆はバーベキューの準備ね。後で行くから」
皆の輪から離れて駿矢君が私の方に近づいてくる。
胸が…ドキドキする。

今度こそ、マフィンとクッキーを渡さなくちゃ…！
「行こうか」

私達はバーベキューする場所から離れた、小川があって岩や砂利、木なんかもたくさんある場所に移動した。
「さっさと作業済ませて皆のところへ戻ろう」
「うん。これ簡単に見つけられる場所に隠すのお願いします…」
私は２人で手作りした紙を駿矢君に渡した。
「わかった」
駿矢君が紙を受け取ると、私も隠そうと、くるりと背を向けた。
「いたっ⁉」
⁉
急に頭が後ろへと引っ張られ、思わず声を上げた。
「なっ…なにするの⁈」
「ああ、つい。なんか尻尾が生えてたから引っ張りたくなった」
爽《さわ》やか笑顔の駿矢君が私の結んだ髪をぐいッと引っ張っていた。
「し、尻尾じゃないっ！　ちょ、痛いっ‼」
さらに駿矢君はぐいぐいと私の髪の毛を引っ張る。
「…やっぱり梨乃を見ると虐《いじ》めたくなるな…」
「へ⁈　な、なんでッ‼」
なぜ急にイジワルＳ王子様に変身⁉

「さっきは眠くて聞きそびれた。俺の噂ってなに話してたの？」
「え？　あ、それは…」
焼いたお菓子を渡すなら今がチャンスだ！
そう思い、手に持っていたお菓子の箱をぐいッと駿矢君の胸元へ押しつけた。

「これ！　渡そうと思って…。…差し入れ！
昨日放課後に料理部行ってお菓子、焼いて来たの」
そっとのぞき込むように駿矢君を見上げた。
「…俺に？」
駿矢君は驚きの表情を浮かべていた。
「うん駿矢君に…。
バナナマフィンとクッキー…食べられる？」
「…へぇ。梨乃の手作り…」
すると駿矢君は、ふわっと優しく笑って私からマフィンの箱を受け取った。
「今、食べていい？」
「あ、…うん」

腰かけるのにちょうどいい岩を見つけ、駿矢君はそこに座ると早速箱を開けてマフィンを持ち上げた。
「…いただきます」
「……どう？　甘いお菓子とか…バナナ大丈夫？」
もぐもぐ食べる駿矢君に思わず感想を聞いた。
「美味《おい》しいよ。バナナもエネルギーチャージによく食べる」
「そっか…！　よかった」
「…こっちはクッキー？」
「そう！　クッキーもよかったら食べて！」
にこにこと笑いながら私は駿矢君の横顔へ話しかけた。
それに気がついた駿矢君は私の方に顔の向きを変えた。
「？」

「…梨乃も食べる？」
「………へ？」

笑っていた私はそのまま固まった。
駿矢君はクッキーを一つ摘《つま》みあげると私の顔の方へ持ってきてにこりと笑う。
「ほら、食べてみな。美味しいから」
ぐいッと私の口元へクッキーを押し付けようとする駿矢君に私は戸惑った。
「や…私はもう十分…」
「いいから！　あーんって口開けろって」
「んなッ‼」
気のせいじゃない‼　駿矢君私に食べさせようとしてる…！
顔を赤くして私は拒んだ。けど、
「じゃあ梨乃が俺に食べさせてくれる？」
さらに難題を押し付けてきた。
「……た、べます……」
仕方なく、口元にあるクッキーを、私はそっとくわえた。
もぐもぐ咀嚼《そしゃく》すると、口の中いっぱいにクッキーの甘さが広がる。同時に、照れくささも胸いっぱいに広がった。

「ふ。なんかマジでエサあげてるみたい」
「エサって…また私を犬扱い？」
ぷくっと少し頬を膨らませ怒ったふりをしてみたけれど、恥ずかしい反面なんだかくすぐったくて…嬉《うれ》しかった。
その後、残りのクッキーをあっという間に食べていく駿矢君の様子を見て、じわじわと満足感がこみ上げてきた。
行動を起こしてよかった…！
あとは、気持ちを伝えるだけ…

「駿矢君、あのね…」
「ごちそうさま。美味しかった！　ありがとう梨乃」

「あ、うん。よかった。あの…それで…」
「…早くこの紙隠して戻ろう」
「えッ…あ、ま、待って！」
慌《あわ》てて私は駿矢君の腕を掴《つか》んだ。
「は、話があるの！　だからもう少し待って…座って？」
訴えるように、ぐいぐいと駿矢君の腕を引っ張る。
「…話ってなに？」
「…昨日の朝のことなんだけどね…。
誤解をちゃんと、解きたくて…」
「誤解？」
「そう…。私も、…会いたかったよ。……駿矢君に…」
かあっと全身が熱くなって、汗が滲《にじ》み出るのを感じた。
緊張する…！
素直に気持ちを伝えるって、難しい……。
「…それで…？」
話の続きを催促するように顔を傾け、駿矢君が私の顔を見る。
「………」
意を決して彼の顔を見つめ言った。

「……駿矢君に、もっと触れてもいい？」
「はあ？」
駿矢君のあまりの驚きっぷりに萎縮《いしゅく》しそうになる。けれど、
ここで引いて逃げちゃダメだと自分を奮いたたせ続けた。
「…好きな人には普通触れたいって思うでしょ？　違う？」
「！」
昨日の朝、駿矢君に言われたセリフそのままに私は言った。

「……梨乃、俺のこと好きなの？」
「！」

改めて聞かれ、照れくさくなって思わず顔を伏せ膝《ひざ》を見た。
「……う、うん…」
「だから俺に触れたいの？」
「そうだよ…」
すっごく恥ずかしくて…。顔は尋常じゃないぐらい熱かった。
無意識に膝の上にある自分の左手をもう片方の手で握った。
「……梨乃のヘンタイ」
「なッ!!」
思わずバッと顔を上げ、駿矢君の方を向く。
「あ…」
そこには優しく微笑《ほほえ》む顔があって…
ホッとすると同時にドキッとなった。
「二人っきりだったら大胆だね」
「!!」
ニヤニヤと笑う駿矢君。
さっきよりももっと凄《すご》い勢いで恥ずかしさが込み上げてきた。
「ははッ！　やっぱり梨乃のヘンタイ！」
「…ちょっと！　…ヘンタイはないでしょ…」
「どうぞ、触れていいよ。梨乃」
「………」
どうぞ、と改めて言われ意識しまくると緊張が増していく。
どこに触れたらいいかわからなくて目が回りそう…！

しばらく戸惑ってから勇気を出して駿矢君の片腕にしがみ付くように抱きついた。
「……梨乃、俺の腕好きだね…」
「う、うん…」
心臓がバクンバクンになって、返事をするのでいっぱいいっぱいだった。

「…梨乃、今度からはちゃんとはっきり言えよ」
「……え？　何を？」
しがみ付いていた腕から少し離れ駿矢君を見た。
「…誰が、誰を好きかを」
「……!!」
至近距離でにこりと微笑まれ、心臓はドキドキ凄くうるさい。
「…さっき私の気持ち言ったじゃん！」
「うん。て言っただけで、俺のこと好きとはまだ言ってない」
「そ、そんな…！」
もっとはっきり言えだなんて…!!
動揺して今度は私から距離を取ろうとした。
「言ったらご褒美《ほうび》やるよ」
それに気がついた駿矢君はすかさず私の手首を掴む。
「ご、褒美?!」
「そう。マフィンのお礼もかねて…」
「………お礼？　いいよ…お礼なんて…」
「…いいから。ほら、早く！」
駿矢君は催促するように私の手首をぐいぐいと引っ張った。
「ま！　や…でも…！」
「…早く言わないとキスするけどいい？」
!!
「…へ…？　え？　キ…」
「キス…していい？」

……キ…ス………？
きゃあ―――ッ!!!
キ、キ、キス！　…キスですって…?!

「急になにを…!!」

ボンっと頭が噴火したみたいに熱くなって、いつものように大パニック…!!
「そう。俺からも梨乃に触れていいんだよね？」
「だからって…キッ……！」
「…じゃあ、早く俺のこと好きって言えよ。
そしたらご褒美にキスしてやるから」
「どっちもキスじゃんッ!!」
思わず大きな声が出た。
「声デカ…。もういい。じゃあキスする」
言いながら駿矢君は空いた手で私の肩を掴むとぐっと近づく。
「ぎゃッ！　ん待ってぇッ!!」
反射的に目をぎゅっとつぶった。
「ぎゃって…色気のねえ声…」
「………ッ」
駿矢君の呆《あき》れたような声にそっと目を開ける。
すぐそばに駿矢君の顔があった。
すっと私の頬に駿矢君の手が触れる。
「…!!」
思わず目をまたつぶり、顔を伏せるようにしてしまった。
「…そんなに下向いたらキスできない」
「だって…！　こ、心の準備が…！
キスなんて…したことない！　私、ファーストキス…!!」
「ふーん…」
「ふーん…て！　駿矢君やっぱり…イジワル！」
ドキドキして小さく縮こまり、私は固まった。
するとそんな私の頭に駿矢君の手が触れた。
そのまま優しく頭をなでる。
「………？」
不思議に思いそっと顔を上げ駿矢君をみつめた。

「梨乃の反応いちいち面白いし、可愛くて飽きない。
だから…もっとイジワルしたくなる」
「!!」
駿矢君は今までで一番の優しい爽やかスマイルを放っていた。
「…だからさっき髪引っ張ったのね?!」
私の反応を楽しむために…！

「…じゃあ…抱きしめるならいい？」
「！」
私の耳元に駿矢君の声が優しく響く。
抱きしめる。でももちろん緊張するけど、キスよりは…
「……う…ん。それなら…」
そう思って返事をすると…駿矢君は私を抱きしめた。

「ド、ドキドキする…！」
抱きしめられ彼の香りに包まれながら私が思わず言うと、駿矢君はクスリと笑った。
「梨乃、可愛いね」
「どこが⁉　…緊張しているだけ…」
「でも俺、色々オアズケ気分…」
「え？」
「…梨乃も十分イジワルだと思う。俺の名前呼んで好きって言ってくれないし、キスもさせてくれねーし」
抱き合っていて駿矢君の顔が見えないけど、その声は少し拗《す》ねているみたいで私は慌てて声を返す。
「だ、だから緊張して…。も、もう少し待って…！」
「………」
急に駿矢君はぎゅっと私を抱きしめると、そっとその手を緩《ゆる》めた。

私の顔を覗《のぞ》き見て、ゆっくり私の頬にまた触れる。
「…仕方ないな。いいよ、こうして触れていいなら」
「！」
また駿矢君、見たことがないぐらい優しい笑顔…。

…やっぱり駿矢君は王子様だ。
この笑顔で言われたら何も逆らえなくなる…。
優しい瞳で微笑みかける駿矢君にうっとりしてしまう…。

「……ふ、二人っきりだったらね」
そんな中、理性をなんとか引っ張り出して私は言った。
「…二人っきり？」
こんな恥ずかしいこと人前では絶対無理！
そう思って私は言葉を続けた。
「そう！　駿矢君とお付き合いしていること、みんなに知られたくないし…」
「…まだ、そんなこと言ってんの？」
「え？」
急に駿矢君の顔がむすっと不機嫌になる。
「…結局昨日と変わってない…。
なんでそこまで付き合ってんの秘密にすんの？」
「え？　や…だから…」
「俺と付き合ってんのそんなにバレたくないの？
梨乃の俺への気持ちってその程度？」

「…その、程度…？」
私が駿矢君を好きな気持ちのこと…⁉
バチンと頭の回線がどこかショートしたみたいだった。

「ああ…いい。気にしないで。焦った俺が悪かった」
私が無言で固まっていると、駿矢君はそれだけ言って離れてしまった。
「ち、違う…！　嫌とかじゃなくて、駿矢君のファンの子が…」
「いいって。わかってるから…」
ズキンと胸に衝撃が走った。
がっつり私の気持ちを推しはかられた気がして…。

「…そんなことない…」
「梨乃、説得力ない。
…まあ、いいって。今さら焦った俺が悪かった。ゆっくり待つ」
「？　どこ行くの？」
駿矢君は岩から立ち上がると私を見下ろし続けた。
「もう戻ろう。俺達の分のバーベキューの肉、なくなる」
ニコリと笑って言う駿矢君の声は優しい。けれど、
どこか諦《あきら》めの入ったような…印象を受けた。
そのまま駿矢君は黙々と指示を書いた紙を隠し、皆がいる場所へ戻ろうとする。
…どうしよう…。
今さら駿矢君のこと好きって言っただけじゃだめだよね？
せっかくもうすぐで誤解が解けそうだったのに…

だけど私はどうしたらいいかわからなくて…そのまま紙をすべて隠し終え、クラスの皆が待つバーベキューの場所へ戻ってしまった。

「一柳さん。お帰り！　遅かったね」

班の子たちは私を待っていてくれて、煙とお肉の焼ける美味しそうな匂いが私を出迎えてくれた。
「あ、うん。ごめん遅くなって…焼くの手伝うね！」
バーベキューの火がなかなかつかなくて苦労したとか、皆の話を聞きながら、お腹《なか》いっぱいお肉を食べた。

皆がバーベキューを食べ終えた後は宝探しゲーム!!　まず最初に宝探しのヒントが書かれた紙が入った箱から各チームが一枚ずつ引いていく。
そこに書かれた指示に従い、次の指示が書かれた紙を探す。
「…ちょ、委員長！
岩の下にって書いてるけど、ここ岩ばかりだけど⁉」
「…うん、頑張って探して…！」
私が書いた指示が大雑把過ぎてぶーぶー文句を言う人がいたけど、それでも真面目に岩を一個ずつ確認してくれていた。
皆がワイワイ楽しくゲームをしてくれて、私はほっとしていた。
隠していた指示の書いてある紙を探し続けると、最後にたどり着いた場所にも一枚の紙があり、そこには１から６番まで数字が書かれている。それぞれのグループには番号によって違ったプレゼントが渡される仕組みになっていた。

「あっ！　超懐かしい！　駄菓子だ」
一番を引いたグループが一番豪華な中身。と言っても駄菓子屋さんで買ったお菓子やおもちゃだけど。
「ヨーヨー入ってる！　懐かしいっ！」
「こっちはシャボン玉！　と麩《ふ》菓子？」
皆がきゃーきゃー言ってはしゃいでくれた。
「この後はまた自由時間だから」
駿矢君の声に皆が答えて宝探しゲームはお開きに…。

「梨乃！　盛り上がってよかったね。ここまで準備ご苦労様」
「あ、ありがとう…優奈」
優奈もシャボン玉を持って私の側に来るとふわりと膨らませて見せた。
「シャボン玉なんて何年振りって感じ！」
ふわふわとシャボン玉は風に揺られて飛んで行き、そしてパチンと割れた。
「！」
割れないで飛んで行ったシャボン玉を目で追いかけていると…その先に見つけたのは、駿矢君とクラスの女子が仲良く喋《しゃべ》ってる光景だった…。
駿矢君は、もらった駄菓子を交換したり楽しそうにしている。
…ちくりと胸を刺す痛みが走った。
……あ…。これはきっと…やきもちだ…。
そっか。そうだよね。
駿矢君とのお付き合いを内緒にするっていうことは、こういうこと…。これからも変わらず彼の周りには女の子が溢《あふ》れ、そして私は何も言えずに陰でやきもちをやく…。

「梨乃…どうした？　具合悪い？」
「あ、ううん！　大丈夫。ちょっとね…
それより優奈、佐野君にマフィン渡せたよ」
「え？　あ、さっき地図を隠しに行った時？
そっかあ～よかったね。それにしても、相変らず佐野君モテモテだね。梨乃、平気？」
「…優奈にだけ本音いうけど、実はちょっと平気じゃないかも…。やきもちやいてしまう…」
「…やきもち!?　そっか…うーん。その気持ちわかるなあ～。

あのモテっぷりで佐野君誰にでも優しいもんね…」

誰にでも優しい。
それは最初からわかっていたこと。
なのにチクチクと刺すような胸の痛みは増した。

「…ねえ、やっぱりはっきり彼女宣言すれば？」
「へ？　ええッ！　か、彼女宣言⁇」
思わず優奈の顔を見つめた。
「そう。前に言うの嫌って言ってたけど…宣言した方が堂々と私の彼氏に近づかないで‼　て、言えると思うよ？」
「でも…まだ…せめてもう少しだけ、付き合ってること、バレたくないの…」
「えー？　どうして？
なんで梨乃はそこまでしてバレたくないの⁇」

『俺と付き合ってんのそんなにバレたくないの？
梨乃の俺への気持ちってその程度？』

…優奈の言葉が佐野君と一緒で、さっき彼に言われたセリフが頭を過《よぎ》った。

「…やっかみや陰口が怖いと言うか…
それにまだ彼女としての自覚と言うか…自信が持てない…
だから…」
「…そんなこと気にしなくていいんじゃない？」
「……へ？」
「それにやっかみや陰口とかは佐野王子に守ってもらったらいいよ！　…私もついてるし！

…てか、時間の問題だと思うよ？　二人の関係バレるの!!」
だからしっかり！　と言って優奈は私の背中をばしんと叩いた。

「いた…！　え…時間の問題…？」
「うん。二人仲が良いの滲《にじ》み出てるし、それで宣言しない方が逆に危険かも？」
「そ…うなのかな…？」
…どっちみちバレるのなら、はっきり宣言をした方がいいってこと？
「…そのこと、ちゃんと佐野君と話した方がいいと思うよ」
「…うん。そうだね…わかった」
「…私でよかったらいつでも相談のるから言ってね！」
「ッ!!　優奈ぁ…、いつもありがとう…」
優奈の言葉が嬉《うれ》しくて私は彼女にぎゅっと抱きついた。

楽しいひと時はあっという間に過ぎ、そろそろ片づけをして帰る時間になった。
「荷物をまとめて10分後に集合して下さい」
私はクラスの皆に言って、ゴミや忘れ物がないかを駿矢君と別れて最後のチェックをする。
「私、宝探しした方を見て来るね」
「わかった。オレは原っぱとか、バーベキューしたところ見てくる」
駿矢君と二人で手分けすればすぐに終わる予定だった。
だけどけっこう時間がかかってしまい…私は最後に慌《あわ》てて小川の方にチェックをしに行った。

宝探しゲームをした小川は岩がごつごつとして歩きにくいため、

少し林の方に移動し高いところから見渡そうとした。
その時だった。
「わっ…きゃあ!!」
皆がいる場所から離れる時に持って来た鞄《かばん》が木の枝に引っかかり、その拍子に私は足を滑らせてしまった。
傾斜があったせいでざざざっとお尻から滑り落ちる。
「いったあ〜…！」
あちこち打ったみたいでいろんなところが…痛い。
「…いけない。時間ない!!」
置いて行かれる！　と焦り、よろよろと立ち上がると泥まみれで、私は皆が待つバスのところへと戻って行った。

「ちょっ！　梨乃!?　大丈夫?!」
ドロドロのよれよれになった私をみて優奈が駆け寄ってくる。
「ちょっと足を滑らせてやっちゃいました…」
てへっと優奈に向かって笑いかける。
「梨乃遅いから心配したんだよ？　戻って来てよかった。
なんかボロボロだけど」
「梨乃!?　どうした?!」
集合したクラスの皆をかき分け、駿矢君が心配そうに慌てて私の側にやってきた。
うわ…皆が一斉にこっち、見てるぅー!!
「だ、大丈夫！　ちょっと転んだだけだから。
優奈！　早くバスに乗ろう!!」
「え？　ちょ…梨乃?!」
反射的に言ってしまう…
優奈の手を引っ張り、駿矢君から逃げるようにバスに乗り込む。
まだ付き合っていると公表する覚悟ができてない私は、皆にばれるのを恐れてしまった。

…後で駿矢君に無視？　って怒られるかも…そう思いながら…。

その後、駿矢君が点呼を取って皆を乗せたバスはキャンプ場を後にした。
「あーあ。背中まで土つけて…」
「ごめんっ。バス乗る前に、はたいたんだけど…」
ばたばたと自分の格好を確認する。
「……あれ…？　な、ない…?!」
揺れる車内で私はようやく気がついた。
「梨乃？どうしたの？」
「な、ないの…!!
鞄に付けて持ち歩いてたぬいぐるみが…!!」
前にゲーセンで駿矢君に取ってもらったＵＦＯキャッチャーのぬいぐるみが鞄から忽然《こつぜん》となくなっていた。
「どうしよう。朝には確かにあったのに…」
「キャンプ場に落としてきた…？」
「!!」
目の前が暗くなった。
どうしよう。いつ落としたんだろう？　どこに?!
せっかく駿矢君が私にくれた唯一のプレゼントなのに…！
チラリと思わず、後ろの方に座っている駿矢君を見てしまった。
タイミングあい、ばちっと目が合う。
「…梨乃、大丈夫？　…残念だけど諦めるしか…」
私は隣にいる優奈の方に顔の向きをなおした。
「ううん、それは嫌。…学校に着いたらすぐ解散だから、そしたら私キャンプ場に戻る！」
「え…？」
あのぬいぐるみには私にとって楽しかった思い出がたくさん詰まっている。…どうしても諦めたくない…！

「…今、蛍《ほたる》祭りで駅からバス出てるから…！」
「…それで一人で戻るの？　暗い中、探しても…」
「日が暮れるまでにはなんとか…見つける！」
「本気？　…私も一緒に行こうか？　心配だし…」
「…いいよ。大丈夫！　…私一人で見つけたいから…
…ごめんね。いつも心配かけて…こまめに連絡入れるから」

心配する優奈を何とか説得しているとバスは学校に着いていた。
校庭に集合して点呼を取り解散する。
私はそれが終わると駿矢君には目もくれず一目散に駆けて行った。電車に飛び乗り、息を整える。
キャンプ場の駅はここから約40分はかかる。
家とは反対方向。
だけど、私の気持ちは早く早くと急《せ》かしていた。

…結局駿矢君には、私がぬいぐるみをなくしキャンプ場へ戻ることを言わなかった。
彼は遠足が終わった後にもサッカーの練習がある。
言って心配をかけたくない。
それに…ぬいぐるみをなくしたこともバレたくなかった。
…私バレたくないことばっかりだな…。
一人じたばたしている自分に泣きそうになった。
しばらくして電車は駅に着き、私は急いでシャトルバス乗り場に向かった。
「わっ…けっこう人がいっぱい…」
乗り場にできている長蛇の列にビックリしながら蛍見物のお客さんに紛れて私もバスに乗り込んだ。
窓に差し込む夕日。太陽がもうすぐ沈む。
思いのほか時間の猶予が短いことを知らせていた。

キャンプ場に着いた私は、まず管理室に行って落し物が届いていないかを尋ねた。
普段なら営業を終えているらしいけど、蛍祭りのおかげで係のおじさんはいた。だけどそれらしき落し物は届いていないと言う。
仕方なく私は、昼間バーベキューをしたキャンプ場へと向かった。
蛍見物ができる祭りの場所はここよりさらに上流らしく、私が見て回っているキャンプ場の方に人はいなかった。

「やばい、日が暮れてきた…」
山の夕暮れは早いって聞いたことあったっけ…
本格的に暗闇が迫ってきていた。
まだ道は見えるけどもうそんなに長くは探していられなさそう。
気持ちばかりが焦り、はやる。
なのに遊びの広場の原っぱにもバーベキューをした場所にも宝探ししたところにもどこにもない。
「…どこだろ…」
川のせせらぎが私の孤独感と恐怖感をあおる。
「…後どこか行ったっけ…あっ！」
恐怖を紛らわすための独り言で思い出した…。
「…もしかしたら足を滑らせてしまったところ?!」
それは宝探しした場所よりさらに奥、林がうっそうとしている場所で、もう暗闇が支配し始めていた。
だけど、私に迷いはなかった。
足場の悪い砂利と岩を踏みしめ、近づいて行った。
鞄をぶつけた木の側には暗くてよく見えないけど、私が滑った形跡は残っていた。

「きっとここに…ん？　あ…あった!!」
見つけた！　こんなところに…
滑ったところより少し離れた木々の隙間にぬいぐるみが挟《はさ》まっていた。
ぬいぐるみを目にした瞬間、私の心には安堵《あんど》感。
明るい光がぱあっと差し込んだような感じ。
急いで駆け寄り手を伸ばした。が、少し窪《くぼ》んでいて手が届かない。
「どうしよう。なんか棒…」
なにかひっかける枝を探そうとばっと振り向いた時だった。
「…梨乃、見つけた」
「ぎゃッ!!」
口から心臓が飛び出てしまいそうなぐらい私は驚いた。
「な、なんでいるの？　駿矢君…！」
そばの木に手を置き、息を切らした駿矢君が立っていた。
信じられない光景に、心臓はまだバクンバクンと鳴っている。
「も、…ビックリさせないでよ…」
私は、へにゃっとその場に座り込んでしまった。
「…梨乃、ビックリはこっちのセリフだから。
…松崎が教えてくれたんだ。それで梨乃の一本遅い電車で来た。
…ここで何やってんだよ！」
「ご、ごめ…っ！」
謝ろうとした時、駿矢君が倒れるように近づき、そのままぎゅっと私を抱きしめてきた。

「…超一探した。すっげえ心配したんだけど！」
「っ！」
私の肩に顔をくっつけ、くぐもった声で駿矢君は言った。

伝わってくる温《ぬく》もりと彼の重み、息遣《いきづか》いが直接伝わって来て、涙がひとりでにこぼれ頬を伝った。
「駿矢君…！」
震《ふる》える手で駿矢君の背に手を回すと、きゅっと遠慮気味につかんだ。
「心配して…来てくれたの…？」
その問いに答える代わりに私をまたぎゅっと強く抱く。
練習をさぼらせて申し訳ないと思いながら、息を切らせてまで探しに来てくれた駿矢君の様子が嬉しくて…
胸が熱く、満たされていくようだった。

その後ぬいぐるみは駿矢君が手を伸ばして取ってくれた。
「…ありがとう」
「ばか梨乃！　そんなののために…」
「……ごめんね。部活、サボらせちゃって…」
呆《あき》れた顔で駿矢君は私を見ていて、やっぱりとても申し訳ない気持ちでいっぱいだった。
「…そんなにそのキャラクターが好きだなんて…いい歳して」
「…違う！　…確かにこのキャラクター好きだけど、この子が私にとって大事なの！　…駿矢君がくれたものだから…」
横に座っている駿矢君に私は言った。
「…俺がやったから？」
「そうだよ。ゲームセンターで遊んだの楽しかったからその…」

…気持ちちゃんと伝えなくちゃ…そう思い今度こそ『好き』って言うぞって思った。でもその瞬間、伝えようとする勇気は風船がしぼむようにしゅん…と小さくなる。
『好き』って、ただその一言を発するのに何てパワーがいるの…!!
周りはすっかり暗くなり、駿矢君の表情がよく見えない。
不安と緊張が一気に駆け巡る。すると…

「…俺も梨乃といるといつも楽しいよ」
「！」
駿矢君は、ゆっくり優しく私のおでこにキスを落とした。
「んなッ!!!」
ビックリして目を見開いて、彼の顔を見る。
さっきより近い距離…駿矢君は優しく微笑《ほほえ》んでいた。
その瞳を見つめていると内側から気持ちが込み上げて来て…
…思いっきりお腹《なか》で息を吸うと、風船を膨らませるみたいに勇気を溜めて…勢いをつけ私は言った。

「……好き…です。駿矢君…」

また泣きそうになった。けど、あえて駿矢君を見る。
私の不意打ちの告白に、駿矢君は驚きで固まった。
「わッ！」
しばらくじっと私を見ていた駿矢君は、満足したのかそのまま…私の頭を彼の胸へと引き寄せた。
「…やっと言ってくれた…」
「！」
駿矢君の声がすぐそばから聞こえる。
そのままぎゅうぎゅうと、私を頭ごと抱きしめる駿矢君。
「い、痛い。駿矢く…と、とにかく一度離して…!?」
苦しくて駿矢君の胸元で小さく暴れる。

ドキンドキンと心臓が凄《すご》い音で鳴っている。

駿矢君と過ごすようになって私の心臓は絶えず忙しい。
私の寿命きっと縮まってる…！

「梨乃、俺のこと好きなんだ？」
私の頭を開放した駿矢君は、代わりに私の背と腰に手を回す。
変わらず…顔が近い…。
「………」
意地悪く、駿矢君は私の顔をのぞき込むように聞いてくる。
恥ずかしさと照れくささが私の全身を駆け巡る。
「…ま、また私をからかってる…」
「…からかってないよ。梨乃の顔を見てるだけ」
「ち、近すぎっ！　てか見ないでっ！　泥まみれだから！」
「暗くてそんなに見えないって」
くすくすと至近距離で笑う駿矢君はいつものように余裕を取り戻していた。

…やっぱりこの人イジワルだ…！
私の反応どこまでも楽しんでるッ‼
「……とりあえず、戻ろうよ…」
「戻るよ。梨乃からもう一度聞いたらね」
「…え⁉」
「…ここまで迎えに来てやったんだからもう一度聞かせてよ」
「‼」
『来てやった』と偉そうなのは変わりないけれど、その声は優しくて…私をみつめる瞳から愛を感じるのはきっと、
気のせいなんかじゃない…。
「そ、そんなぁ……」
優しくされている。
それを身に染みて感じて、その気持ちに応えたいと思った。

「わ、わかった…。もう一度言うからちょっと待って…」
「……うん」
「私は、駿矢君のことが……」
「あ…梨乃みて。…蛍…」
「え…⁉」

ふわっと、目の前を緑色に発光したものが横切って行った。
目を凝らし、改めて周りを見渡す。

「う、わぁ…！　凄い‼　本物の蛍だっ‼」
数え切れないほどの光の粒が私たちの周りを取り囲んでいた。
「すごいっ！　綺麗っ‼　こんなにたくさん‼
これ全部蛍？　初めて見たッ‼」
手を伸ばせば捕まえられそうなところにまで蛍は飛んできた。

「…幻想的…来てよかった…」
「…そう。で、続きは？　俺のことが？」
「え…？」
その光の群れに見惚《みと》れて、告白のために溜めた勇気は霧みたいにもう消えてなくなっていた。

「…早く。言ったらご褒美《ほうび》やるよ」
「…？　ご褒美？　って何を？　…蛍取ってくれるとか？」
「…違う。てかそれわざと？　ここまで来てまだ焦《じ》らす？」
「…言おうとしたら駿矢君が蛍って…！」
「もういい。…言えたらご褒美にキスしてやったのに」
「んなッ！」
カッと頭と顔に血が上って赤くなる。

「キッ…また…!?　またキス…ッ!!」
「なに？　…俺のキスは褒美にならねえの?!」
「…駿矢君の自惚《うぬぼ》れ屋！　綺麗な光景が台なしっ!!」

キ、キ、キス…!?
好きって伝えるだけでいっぱいいっぱいなのに！
キス…想像しただけで鼻血が出そう…!!
それに、付き合ってまだ数日なのに…!!
昼間もご褒美にキスって…
なに？　キスってそんな手軽にするものなの?!

「早く！　もう一度好きって言うか、キスをするか。
どっちか選ばせてやるよ。どっちがいい?!」
「…昼間とそれ変わんないし!!
…ど、どっちも無理…!!　今すぐ選べない…！
それにどっちにしろキスするんじゃないの…!!」
顔を真っ赤にして私は抗議。

「…なんで無理なんだよ。梨乃やっぱり俺のことわかってない」
「……だって、わかんないもん。
駿矢君だって私のことわかってない…。急には…無理なの！」
「………」
駿矢君はそのまま黙ってしまった。
二人で沈黙する。
その間にも蛍は光輝いて、ふわふわと飛んでいく。

「…わかった。急じゃなければいい？　梨乃お嬢様」
「……なんで急にお嬢様呼ばわり？」

「箱入り娘。純情お嬢様だから。梨乃、顔ちゃんと見せて」
「…？」
急じゃなければって、どういう意味だろう?!

「好きって言うの恥ずかしいだろ？」
「…？　……う、ん…」
「でも、俺のこと、好き。めっちゃ好きだろ？」
「…………うん」
凄くためてから私は頷《うなず》いた。

「俺も一緒。好きって言うの緊張するし、恥ずかしい」
「……駿矢君でも？　本当に？」
「当たり前だろ？　だからずっと言えなかったんだし…次、俺のお願い。…梨乃、駿矢って俺のこと呼び捨てにして」
駿矢君は私の耳に囁《ささや》いた。
「……呼び捨て…？」
「そう。早く」

「………しゅ、駿矢…」
自分の彼氏を名前で呼び捨てにするだけでとても緊張する…。
「声ちっさ！　…まだ、緊張する？」
「…うん、名前呼び捨てにするのも…凄く緊張します…」
緊張のあまりつい敬語になった。

「……俺に今抱きしめられているのも…嫌？」
「……嫌じゃないよ。やっぱり緊張はすっごくしてるけど……」
駿矢君は一つ一つ、確かめるように聞いてくる。
…たぶんこれが私のペースへの彼の合わせ方……

だから次の質問はきっと…
「梨乃、キスしていい…？」

……思った通りだった。

「キ、キスはまだちょっと……」
「唇じゃなかったら大丈夫？　頬にしていい？」
「え？　あ………う、ん……あ、でも土で汚れてるかも…」
「大丈夫、俺いつも部活で泥まみれだから砂が口に入っても平気」
「ふふ。平気なの？」
「うん。梨乃…」
駿矢君は身体を少し起こすと、私の顔に片手で優しく触れた。
「………」
じんわりと駿矢君の手の温もりが伝わってきた。
そのまま目を合わせる。
ゆっくり時間をかけて駿矢君は、そのきれいな顔を近づけてきて…そっと頬にキスをした。

「……大丈夫だろ？　怖くないでしょ」
「……こ、怖くないよ。ただ、まだ緊張するけど…」
「次は、もう片方の頬ね」
「！」
そう言って反対の頬にもキスをして、駿矢君は微笑んだ。
その後はおでこ、また頬、瞼《まぶた》と何度も私の顔にキスを落とす。

「ま、まだ…キス、するの?!」
くすぐったい。
それにドキドキして恥ずかしい…。たまらずそう言うと、

「……じゃあ、最後に唇にしていい？」
駿矢君は真剣に、でも優しく聞いて来た。

その瞳は優しくて、今までの緊張が嘘《うそ》のように解けていって…
「……いい…よ」
不思議と自然にそう答えていた。

あ、来る…！　と思い瞼をぎゅっと閉じる。
ドキンドキンと心臓の音だけが響き渡っている。
目を閉じているけれど駿矢君の息遣いがわかった。

「……梨乃、好きだよ」
‼

私の耳にその言葉が届くと同時に柔らかい唇が私の唇に触れた。
一瞬でそれは離れ、私はしばらく経《た》ってから目を開けた。
駿矢君はおでこをくっつけてふっと笑っていた。

少し触れただけの優しいキス。
…それが、駿矢君とした私の…ファーストキス…。

「……次、梨乃が俺のこと好きって言って。
言えないならまたキスするよ？」
「‼」
すっかりいつものイジワルな表情の駿矢君になっていた。
「わかった…言う！　言うから待って！」
「梨乃…」
「！」
駿矢君待つ気がない！　また来た！

思わずぎゅっと目を閉じる。
「ッ………！」
今度はゆっくり確かめるようなキスだった。
もう、それだけで…
身体の芯からとろけてしまいそうになった。

その後も駿矢君の優しいキスは、私が好きと言うまで何度も何度も繰り返し続いた。

「梨乃、すっごく可愛い…」

そう言って私を抱きしめる駿矢君。
服はドロドロ、髪はよれよれ、だけど私の心は次々溢《あふ》れてくる幸福感で満たされ、そんなの少しも気にならなかった。

周りには点滅して飛び交う蛍《ほたる》が、
まるで祝福してくれるみたいに幻想的に舞い続けていた。

エピローグ

「…ねぇ。委員長と佐野君、付き合っているの？」

昼休み。
いつものように優奈と一緒に、窓際の席でお弁当を食べ終えた時のことだった。

「二人、待ち合わせて帰ってたよね？　見ちゃった！」
クラスの女子数人が私の前に立ち、目をきらきらさせて私を見ている。
今、クラスに駿矢君はいない。
たぶんグラウンドでサッカーの練習をしている。
私はごくりとつばを飲み、体温が上昇して顔が赤くなっていくのを自覚しつつ、にこりと必死で笑顔を作った。

「……はい。実は…付き合って…マス…」
「きゃあーっ！　やっぱりそうなんだッ‼」
「‼」
認めた瞬間沸き起こった歓声に目をぱちくり…。
「絶対二人付き合ってると思った！」
「てか、バレバレ！　いいなあ‼」
さらに勝手に盛り上がっていくクラスの女子たちを私はぽかんとした顔で見守っていた。すると、

「ほら〜だから言ったじゃん。隠しても無駄だって」
向かいに座っていた優奈がニシシと微笑《ほほえ》む。

「…べ、別にもう隠してなんかないよ…だから…」
私がしどろもどろに答えていると、
「佐野君が委員長のこと好きなの、クラスの皆見てて気づいてたし！　てか本人は隠してなかったよね‼」
「えぇ゛っ⁉」
びっくりな事実に今度は私が大きな声を出した。

「でも委員長まじめで…クラスの用事をまず優先でしょ？　佐野君の気持ちに気がついている様子もなかったから、密《ひそ》かに早くくっつけばいいのにと思ってたんだよねー」
「………っ‼」
さらにびっくりな発言に今度は言葉を失った。

「よかったね。梨乃！　皆、梨乃がクラスのために雑用頑張っていること見てわかってたんだよ」
「……そうなの？」
「うん、…いつもありがと。皆が嫌がること率先してこなしてくれて。特に皆、口にしないだけで感謝していると思うよ」
「………」
皆、そんなことを思ってくれていたんだ…
じーんっと、胸の奥から温かいものがこみ上げてきた。

「…これから佐野ファンの子達がなんか言ってきたらクラスの皆で委員長守るから言ってね。て、たいしたことできないかもだけど…」
「……ううん、ありがとう…嬉《うれ》しい」

私を見るクラスの女子たちの眼が優しくて、本気で泣きそうになった。

「…ていうか、その佐野君が委員長を探して呼んでいたよ？　メールしたのに気がついていない。見かけたら声かけてって」
「ええっ⁉」
私はその言葉に慌《あわ》てて鞄《かばん》から携帯を取り出し確認した。
着信２件。メール１件…。どれも駿矢君からだった。
「わっ！　ちょっと私…行って来る‼」
ガタッと音を立てて席を立つと私は教室を飛び出した。
「いってらっしゃ〜い！　お幸せに〜」
後ろで優奈やクラスの女子たちのからかう声。
でも嫌味ではなく、…愛のある冷やかしの声で…。

ドキドキと胸が熱く高揚する。
走っているせいか息も苦しくて…
駿矢君からの呼び出しの場所、グラウンドに着いた時には汗でびっしょり。

「……あれ…？」
なのに肝心の駿矢君の姿が…なかった。
私は肩で息をしながらもう一度グラウンドを見渡す。
駿矢君どころか、人一人、いない。
「…？　…どこにいるのよ…」
するとスカートのポケットに入れていた携帯が振動した。
「…もしもし駿矢君⁉　どこにいるの？」
着信は駿矢君からで、私が慌てて電話に出ると、
『梨乃、遅い…もう俺、教室』
「ええっ⁉　入れ違い⁈　うそ…」

慌てて走ってきたのにとショックを受けて肩を落とした。
仕方なく、ため息をつきながら近くのベンチに腰を下ろす。

「…ごめん。気づくの遅くなって…休憩したら教室戻るね…」
電話の向こうの駿矢君に答えながら、汗でべたべたするシャツをパタパタさせていたら、
「ちょっと…梨乃…　無防備過ぎ！」
「ひゃあっ!!」
冷たいジュースが頬に当たり、それと同時に駿矢君の声が耳に届いた。
「え？　あれ？　駿矢君？　…教室にいるんじゃ…」
驚いて後ろを振り向くと駿矢君が私の真後ろに立って呆《あき》れ顔で見下ろしていた。
「…教室は嘘《うそ》。
梨乃が必死になって走ってくるのがわかったから隠れて見てた」
駿矢君は王子様スマイルでにこりと笑った。
「……ひ、ひど…。もう！　なによ…！
ここへ呼び出ししてまでイジワル…??」
「クラスの女子が俺たち付き合っているのか？　ってしつこくてね」
「……え？」
「俺はそのつもりだけど本人に聞いてみれば？　って言って、ここへ逃げてきた」
「！」
駿矢君はまたにこりと不敵に笑った。
「…だからさっきクラスの女の子達が質問してきたんだ…」

――――遠足の後、私と駿矢君は約束をした。

堂々と付き合いを宣言しようと。
なのにあれから数日…。

“佐野王子の彼女…”
…それを認めるのには、すっっごく！　覚悟がいる。だから…

私は宣言をするって決めたもののまだ実行に移せてはいなかった。…何をどうしたらいいのかわからない。
だからさっきクラスの女子に聞かれて初めて認めたんだけれど、あれで本当に良かったのかなって戸惑いがあって…。

「梨乃のことは俺が守るよ」
「……え？」

下を向き、そんなことをあれこれ一人考え込んでいると、駿矢君から思わぬ優しい言葉が降ってきて驚いた。
顔を上げ彼を見上げる。

「俺は梨乃の彼氏だ。
梨乃を傷つけるようなこと誰にもさせない」
「………」
「…クラスの皆を味方につけるぐらいできる。
梨乃は心配とか…不安に思うこと、ないよ」

私は駿矢君から発せられる言葉を一つ一つ、かみしめ心に浸透させていく。胸が熱くなって、視界が…涙で潤《うる》む。

…駿矢君は今まで見たことがないぐらい極上の微笑みを浮かべて私を見つめ、…頭を優しく撫《な》でてくれた。

「…じゃ、俺、先に教室戻るから」
「!!」
そんな駿矢君にぽおっと見惚《みと》れていると私を残して去って行こうとする。
「え！　ちょっと待って！　私も戻る!!」
「…じゃあ、手貸して。繋《つな》いで戻ろう」
「!!!」

“駿矢君の彼女…”…について。
不安はまだ…ある…。

いまだに付き合っている事実が信じられないし、相変わらず自分に自信が100%持てない。けれど、クラスの皆は優しく受け入れてくれていることがわかった。それに、

…駿矢君の優しさに気づかされた。
彼は私の不安を心配事を拭《ぬぐ》い去ろうとしてくれている。
私も駿矢君に今できることを私なりに精一杯してあげたい。
駿矢君の気持ちに…応《こた》えたい。

「………」
座っている私は駿矢君を見上げる。
彼の後ろには清々《すがすが》しいぐらい青い空が広がっていて眩《まぶ》しい。

手を差し出し待っている駿矢君を私は見つめる。そして…

「私も駿矢君を守ってみせるね」

「！」

…照れくさくって、うまく笑えた自信はなかったけれど、
最大級の気持ちをこめて私は言うと、立ち上がった。

駿矢君は少し驚いた後、空に負けないぐらい清々しい笑顔を返してくれた。私はそのまま彼に近づく。

私は駿矢君のことが好き…。

今、大事にしなくちゃいけないのはこの、気持ち。
それがようやくわかった。

伝えたい思いを…ぎゅっとこめて、
私は駿矢君の手を力強く掴《つか》んだ。

青い空と眩しい光の中、
優しい風が、並んだ私と駿矢君の髪を優しく揺らしていった。

fin

あとがき

皆様はじめまして！　karinです。

この本を手にしていただき、また最後まで読んでいただき本当にありがとうございます。

心より感謝し、少しでも楽しんでいただけたらいいなと願っております！

この作品の主人公　梨乃は、まじめでごく普通の女の子（ちょっと鈍感）で、恋には消極的…。
一方佐野君は、みんなの憧《あこが》れの的で、同じ高校に通ってはいるけれど違う世界の住人…。
だけど、私の中では二人とも、恋に不慣れで不器用。

主人公に寄り添う形で、どこか共感を持ってもらいつつ、恋するすべての女子たち（男子も（笑））の背中を少しでも押せたらいいな、一緒に成長を感じてもらえたらなと思って執筆させていただきました。

自分の経験上（笑）恋愛をしていると、うまくいくことより失敗や後悔することの方が多いと思います。けれど諦《あきら》めず、それを糧《かて》にいっぱい素敵な人と出会い、恋をしてもらえたらいいなと、切《せつ》に思います。…頑張って！！

また今回この作品を書くにあたって、色々な初めてを経験させていただきました。

登場キャラや設定、ストーリーの骨組みを編集担当さまと１から作るという体験はとても新鮮で、自分だけの世界に色々な角度からの可能性を見出していただきました。
それと同時に色々お手数、ご迷惑も…（苦笑）
本当にありがとうございました！！

一つの作品を書籍として世に出すということはとてもたくさんの方々のご指導ご尽力、思いやご協力があってこそのことで、到底一人では実現できなかったと思います。
携《たずさ》わってくださった全ての方に感謝の心でいっぱいです。

そしてなにより、作品を無事生み出すことができたのは、読むのを楽しみにして下さる読者さまのお陰です。
常に読む人のことを私なりに考えながら執筆しています。

今後も皆様にどうしたら伝わるのか。また、励《はげ》ましの言葉をいつも下さる全ての人に楽しみ喜んでいただけるよう、これからも感謝の心を忘れずに、執筆に励んでいきたいと思います。

また皆様にお会いできることを楽しみに祈り願っております☆

2014年　秋　karin

★この作品はフィクションです。実在の人物・団体・事件などにはいっさい関係ありません。

ピンキー文庫公式サイト

pinkybunko.shueisha.co.jp

著者・karinのページ
（E★エブリスタ）

★ ファンレターのあて先 ★

〒101-8050　東京都千代田区一ツ橋2-5-10
集英社 ピンキー文庫編集部 気付
karin先生

ピンキー文庫

彼の言いなり♡24時間
うしろの席のS王子さま

2014年10月29日　第1刷発行

著　者　karin

発行者　鈴木晴彦

発行所　株式会社集英社

〒101-8050　東京都千代田区一ツ橋2-5-10
【編集部】03-3230-6255
電話【読者係】03-3230-6080
【販売部】03-3230-6393（書店専用）

印刷所　図書印刷株式会社

★定価はカバーに表示してあります

ISBN 978-4-08-660131-3 C0193